教室の怖《こわ》い噂《うわさ》

キミが開く
恐《きょう》怖《ふ》の扉《とびら》
ホラー
傑《けっ》作《さく》
コレクション

辻村深月　近藤史恵　澤村伊智

朝宮運河 編

目次

教室の怖《こわ》い噂《うわさ》

踊《おど》り場《ば》の花《はな》子《こ》

辻《つじ》村《むら》深《み》月《づき》

辻村深月

幽霊《ゆうれい》を見る人は、それを見るだけの理由を持つ。
目の前にあるのは、あなたを映《うつ》す鏡である。
――これを裏切《うらぎ》りと思うかどうかは、あなた次第《しだい》だ。

プロローグ

みんなが下校した後の校舎《こうしゃ》は、昼間の騒々《そうぞう》しさがまるで嘘《うそ》のように静まり返っていた。床《ゆか》に目を落とすと、茶色く濡《ぬ》れたような上履《うわば》きの足跡《あしあと》がいくつかついている。

その上にモップを掛《か》ける途中《とちゅう》で、ふと思い出した。この学校の「花子《はなこ》さん」は階段《かいだん》に出る。一年生の頃《ころ》からみんながよく話している学校の七不思議だ。

上から順番に拭《ふ》いて下りてきた、三階から二階にかけての階段《かいだん》。踊《おど》り場《ば》で振《ふ》り返《かえ》ると、西向きの窓《まど》から差《さ》し込《こ》む夕焼けの光が目にしみて、何だか泣きそうになる。

心の表面を、影《かげ》のように暗い不安が襲《おそ》う。モップを動かして足跡《あしあと》の汚《よご》れを消した。顔を上げ、両腕《りょううで》で自分の肩《かた》を抱《だ》く。

——お前、「花子さん」と友達になればいいじゃん。お化け同士で気が合いそうだし。

去年の夏休み、自由研究の宿題でさゆりは『若草南《わかくさみなみ》小学校の花子さん』の研究をした。まだたくさん友達がいた一年生の頃《ころ》、放課後ずっと話していたあの話。

勉強は苦手だし、みんながやってきた理科や社会の研究とはちょっと違《ちが》うから心配だったけど、先生が褒《ほ》めてくれた。それが嬉《うれ》しかったことを、よく覚えている。

本やテレビで目にする「学校の花子さん」は、よくトイレに出るけど、うちの学校では、昔から階段《かいだん》に出る。学校の怖《こわ》い話には、よく「七不思議」というのがあるが、うちの花子さんにも七つの「不思議」がある。

そういう怖《こわ》い話のことを「都市伝説」と呼《よ》ぶのだということも、図書室でいろいろ本を読むうちに知った。

全国各地の学校に散らばる幽霊《ゆうれい》の「花子さん」。校舎《こうしゃ》何階の何番目のトイレに住んでいて、何をすると呼《よ》び出《だ》すことができて、何をしないと呪《のろ》われる。修学《しゅうがく》旅行の最中に事故《じこ》で死んでしまった子どもの霊《れい》だと言われている学校もあるし、トイレで首を吊《つ》った女の子だというところもある。

そして、うちの学校の花子さんは、昔、音楽室の窓《まど》から飛《と》び降《お》り自殺をした少女の霊《れい》だ。

その時にできた傷《きず》が顔にある。六年生の子たちがまだ一年生だった頃《ころ》から、ずっと伝わっている話。

みんな知ってることだけど、改めて特徴《とくちょう》を書いていくのは楽しかった。だけど、発表している最中《さいちゅう》、後ろの席の女子たちがこそこそ話すのが聞こえた。

あんなの、わざわざ調べなくてもいいのにね。さゆりちゃんの研究、ズルじゃない？

ちらりと、あの子たちが自分を見た。それからクスクス笑う。

だけど、お化けがお化けの研究って、超笑える。お似合《にあ》い。

学校の怖《こわ》い話。

俯《うつむ》いてしまう。

あの子たちがみんな、自分のことを「お化け」と呼《よ》んでいることは知っている。一年生の頃《ころ》あんなに仲が良かった子たちは、みんなさゆりから離《はな》れていってしまった。たいていの悪口にはもう馴《な》れた。話を聞いてくれる先生だっている。だけど。

顔を思い出すと、腕《うで》がじくじくと疼《うず》く。階段《かいだん》の掃除《そうじ》。しっかりやらなきゃ、だって……。

腕《うで》に押《お》し当《あ》てられた熱い痛《いた》み。あの場所が、まだ痛《いた》い気がする。

花子さんなんて、本当は何にも怖《こわ》くない。学校で本当に怖《こわ》いもの、それは――。

踊《おど》り場《ば》に置いたバケツの水にモップを沈《しず》める。じゃぶじゃぶと音を立て、毛先をゆすいで残りの階段掃除《かいだんそうじ》に戻《もど》ろうとした時だった。


――どうして掃除《そうじ》してるの。


背後《はいご》から、いきなり声がした。反射的《はんしゃてき》に声の方向を振《ふ》り返《かえ》る。そして――、驚《おどろ》いた。

いつ、やってきたのか。

たくさんの掲示物《けいじぶつ》が貼《は》られた壁《かべ》の前に寄《よ》りかかるようにして、女の子が一人きり、ぽつんと立っていた。

あまり見かけない、見事なほどに切《き》り揃《そろ》えられたおかっぱ頭。真っ白いブラウスと赤いスカート。どこかで見たような恰好《かっこう》だ。すぐにテレビアニメのちびまる子ちゃんを思い出した。映画《えいが》やドラマで「昔の子ども」という役柄《やくがら》を与《あた》えられた子が、その衣装《いしょう》と鬘《かつら》のまま、画面から抜《ぬ》け出《で》てきたみたいだ。

目が、お祭りで売られてるお面の狐《きつね》みたいに細い。

「どうして、掃除《そうじ》してるの」

その子がまた聞いた。瞬《まばた》き一つせず、じっとさゆりの顔を見上げている。

「……だれ」

ようやく声が出た。さっき、振《ふ》り返《かえ》った時には確《たし》かにいなかった。下から登ってくる足音も聞いた覚えがない。

「何年生？」

尋《たず》ねながら、顔を確認《かくにん》する。上目遣《うわめづか》いに見上げる目が細く歪《ゆが》んで半月形に笑って見える。知らない顔だった。ここに通ってる子たちの顔が全部わかるわけではないけれど、少なくとも今まで見たことはない。

「いつからいたの？　全然、気付かなかった」

「ずっといる」

掃除《そうじ》をするさゆりの手元、彼女《かのじょ》の目がモップの柄《え》を見つめる。

「どうして、掃除《そうじ》してるの。みんな、もう帰ったのに。ここ、二組さんの掃除《そうじ》場所でしよ？」

背丈《せたけ》や体つきから考えて、四年生より上ということはなさそうだった。

二階から三階にかけてのこの階段《かいだん》は、確《たし》かにさゆりのクラス、三年二組の掃除《そうじ》場所だ。学年を言わずに二組さん、と呼《よ》ぶということは同じ三年生なのか——、考えて、あっと思い当たった。

隣《となり》のクラス、一組に、入学してからずっと不登校を続けている女子がいる。さゆりは一度も会ったことがないけど、保育園《ほいくえん》が一緒《いっしょ》だった子たちが話してた。学校には来ないけど、たまに放課後、一緒《いっしょ》に遊ぶって。

「——藪内《やぶうち》さん？」

おそるおそる尋《たず》ねる。

だとしたら、彼女《かのじょ》はさゆりの憧《あこが》れだった。学校に来ないなんて、羨《うらや》ましくて、羨《うらや》ましくて、たまらなかった。さゆりもそうなりたかった。女の子はどうだっていいというように首を傾《かし》げるだけだ。ねぇ、とまた続ける。

「どうして一人で掃除《そうじ》してるの」

「みんな、帰っちゃったから」

みんながやらないとしても、それでもきちんとやらないと怒《おこ》られるのだ。考えると、足が竦《すく》んだようになる。緊張《きんちょう》したようにまた、おなかが痛《いた》くなる。

「先生も、怒《おこ》るし」

「ふうん」

女の子が細い目をさらに細めた。スカートの後ろで手を組み、さゆりの顔をじろじろと見つめ回す。すっと一歩、こっちに近付いた。

色が白い子だった。踊《おど》り場《ば》の隅《すみ》で壁《かべ》の陰《かげ》になると、顔だけがぼうっと浮《う》かび上《あ》がって見える。触《ふ》れたら火傷《やけど》をしてしまう、アイス屋さんのドライアイスのような冷たさを感じて、それ以上は近付きたくなかった。真っ白い、すべすべの顔。

「だけど、毎日だよね」

びっくりして、「え」と呟《つぶや》く。黙《だま》ったまま顔を見ると、女の子が続けた。

「青井《あおい》さゆりちゃん、毎日、一生懸命《いっしょうけんめい》お掃除《そうじ》してる」

「私《わたし》の名前、知ってるの……?」

掃除《そうじ》のこと、なぜ、知っているのだろう。見ていたように。

「大変じゃない？」

細い目の間に、表情《ひょうじょう》らしいものはほとんど浮《う》かばない。

「一人だけで、上から下まできれいにするの」

「大変だけど、でも前に読んだ本の中に書いてあったの」

ゆっくりと階段《かいだん》を下りていく。前に立つと、女の子はさゆりとほとんど背丈《せたけ》が同じくらいだった。近くで見ると、ますます色の白さとそれと対照的な真っ黒い髪《かみ》の色にたじろいでしまう。

「『一度に全部のことは考えない。次の一歩のこと、次の一呼吸《ひとこきゅう》のこと、次の一掃《ひとは》きのことだけ考える。そうすると、掃除《そうじ》が楽しくなってきて、楽しければ仕事がはかどって、いつの間にか、全部が終わってる』」

女の子が不思議なものを見るようにさゆりを見た。彼女《かのじょ》が瞬《まばた》きする時に下を向いた睫《まつげ》がとても長い。さゆりはゆっくり話した。

「『モモ』っていう本。主人公のモモの友達で、道路掃除《そうじ》をしてるベッポっていうおじいさんが言ってた。大変なことをする時は、次のことだけ考えて、終わるのを待つんだ」

「それ」

唇《くちびる》の先から出た言葉が空気の上を滑《すべ》るのが見えるような、透明《とうめい》な声だった。葉っぱの上で丸くなった雨粒《あまつぶ》が弾《はじ》かれたような。そうか。この子の声はエレクトーンか何かで出したような、電子音と似《に》ている。

「どんな話？」

「モモっていう名前の女の子が主人公で、時間を――」

説明しようとして、思い出した。

「読んでみたい？」

問いかけると、女の子は迷《まよ》うように黙《だま》った後で、躊躇《ためら》うように、けれどこくりと頷《うなず》いた。目はさゆりを見つめたまま、顎《あご》の先だけが首に沈《しず》む。

「ちょっと待ってて」

さゆりは今日、その本を持ってきている。返そうと思って、いつも鞄《かばん》の中に入れっぱなしにしている。

「貸《か》してあげる」

駆《か》け出《だ》した時、彼女《かのじょ》が首をまた傾《かたむ》け、額《ひたい》の前髪《まえがみ》が揺《ゆ》れた。その下に、はっとするような赤紫色《あかむらさきいろ》の傷《きず》を見たような気がしたけど、すぐにまた前髪《まえがみ》がさらりとおでこを隠《かく》した。見てはいけないものを見たような気になって、そのまま彼女《かのじょ》から目を逸《そ》らす。教室に急いだ。

本を返すのはいつでもいい、と言われていた。ただし、短くてもいいから感想を書いてね、と言われた。

二階の自分の教室に戻《もど》り、鞄《かばん》から本を出す。中には感想を書いたお礼の手紙が挟《はさ》まっている。抜《ぬ》き取《と》ろうとしたけど、もしかしたら藪内さんもさゆりを真似《まね》して手紙を書いてくれるかもしれない。そしたら、先生はきっと喜ぶ。本を貸《か》したことを、いいことをしたって、褒《ほ》めてくれるかもしれない。

本を取って戻《もど》るまで、五分もかからなかったと思う。だけど、踊《おど》り場《ば》に行った時、そこにはもうさっきの子の姿《すがた》はなかった。

「藪内さん？」

三階に続く階段《かいだん》を登り、左右の廊下《ろうか》を見回して呼《よ》ぶが返事はない。帰ってしまったのか。

それとも、どこかに隠《かく》れているのか。

「藪内さん？　いるの？」

まだ校舎内《こうしゃない》のどこかにいるのなら、持っていくかもしれない。——友達になれるかもしれない、という気がしていた。

彼女《かのじょ》が立っていた壁《かべ》の隅《すみ》に本を置く。主人公モモと、亀《かめ》のカシオペイアの後《うし》ろ姿《すがた》が描《えが》かれた黄色い表紙。明日《あした》の朝、早く来てまだこれが残されているようなら、持って帰ればいいし。

「藪内さん」

もう一度、さっきよりもいくらか声を張《は》り上《あ》げる。

「またね！」

——花子さんの『七不思議』、その一。

この学校の花子さんは、階段《かいだん》にすんでいます。

踊《おど》り場《ば》に反響《はんきょう》した自分の声にひきずられるようにして、自由研究のことを思い出した。

ふと、床《ゆか》に目を落とすと、さっきまではなかった、水気を含《ふく》んだ茶色い足跡《あしあと》がついていた。小さな上履《うわば》きの足。ちょっとだけ、おかしくなって笑った。

幽霊《ゆうれい》は、足があるのかな。

壁《かべ》に立て掛《か》けた本をちらりと眺《なが》めてから、その場に残ったモップを手に取る。

さっきまでの楽しかった気持ちがしぼんで、指先が微《かす》かに強張《こわば》り始める。掃除《そうじ》、また汚《きたな》いって言われるかもしれない。怒《おこ》られるかもしれない。

首を振《ふ》り、次の一拭《ひとふ》きのことだけ考えて、青井さゆりはまた階段《かいだん》に戻《もど》る。

（一）

蟬《せみ》の声が、午前中からひどく喧《やかま》しい夏の日だった。

相川英樹《あいかわひでき》が、一人、日直のために出勤《しゅっきん》し、職員室《しょくいんしつ》で仕事をしていると、後輩《こうはい》の小谷《こたに》チサ子《こ》から電話がかかってきた。

『もしもし。そちらで実習をお世話になった小谷ですが』

「チサちゃん？」

『あ、その声。相川さん？』

電話の向こうの声が、ほっとしたように急に砕《くだ》ける。チサ子は、二ヵ月《げつ》前の六月にこの若草南小学校で教育実習を終えたばかりの大学生だ。

「どうしたの？　何か用事？」

『よかった。今日、日直相川さんだったんだ。教頭先生だったらどうしようかと思いました』

強面《こわもて》の教頭を引き合いに出し、快活《かいかつ》な声で笑う。

相川と彼女《かのじょ》は十歳《さい》近く離《はな》れているが、同じ地元大学の演劇《えんげき》サークルで、先輩後輩《せんぱいこうはい》の間柄《あいだがら》だった。今でもOBとしてちょくちょく顔を出していたから、春の実習で彼女《かのじょ》が自分のクラスに配属《はいぞく》された時は本当に驚《おどろ》いた。教育実習生は、たいてい一クラスに一人ずつで、彼《か》女《じょ》と相川は一ヵ月《げつ》間コンビを組んだ。

子どもや他の同僚《どうりょう》教師《きょうし》の前では、さすがにかしこまって「相川先生」「小谷先生」と他人行儀《ぎょうぎ》な呼《よ》び名《な》で通すが、二人だけで話すと途端《とたん》に学生気分に戻《もど》る。

『お願いがあるんですよ。南小、今から行ってもいいですか？　実は私《わたし》、実習終わる時に忘《わす》れ物《もの》をしちゃってて。すぐに取りに行きたかったんですけど、ずっとタイミング逃《のが》してたんです。今日、近くまで来てるんで、校舎《こうしゃ》、入れてもらえませんか?』

「いいよ。今、俺《おれ》一人だから丁度《ちょうど》よかった」

吸《す》っていた煙草《たばこ》を空《あ》き缶《かん》のふちで消しながら言う。禁煙《きんえん》の職員室《しょくいんしつ》で、大っぴらに喫煙《きつえん》できるのは夏休みならではだな、と思う。

一ヵ月《げつ》強の子どもの夏休みの間、教師《きょうし》は交互《こうご》に日直が割《わ》り振《ふ》られ、ほとんど毎日誰《だれ》かが職員室《しょくいんしつ》に詰《つ》めている。通常《つうじょう》は二人ずつで日直の仕事にあたるが、今日はたまたま、もう一人の担当教諭《たんとうきょうゆ》が夏風邪《なつかぜ》を理由に欠勤《けっきん》している。大丈夫《だいじょうぶ》ですか、と弱りきった声で電話してきた同僚《どうりょう》の高梨《たかなし》に、一人でも充分《じゅうぶん》だと答えた。今日は図書室もプールも開放日ではないから仕事は少ないし、何しろ一人きりなら煙草《たばこ》を吸《す》っても誰《だれ》にも咎《とが》められないのがありがたい。

『恩《おん》に着ます。先輩《せんぱい》、何か食べたいものありますか? 差し入れとして持って行きますよ』

「何もいらないよ。気遣《きづか》い無用」

『またそんなことばっか言って。私《わたし》がこれまでどれだけ相川さんに奢《おご》ってもらってきたと思ってるんですか。少しは甘《あま》えてくださいよ』

気を遣《つか》われるよりは、遣《つか》う方が性《しょう》に合う人間もいて、相川は自分を圧倒的《あっとうてき》にそのタイプだと思っていた。

今年で三十一歳《さい》。

年配の女性教師《じょせいきょうし》たちからは『旦那《だんな》さんにしたいランキングナンバーワン』の称号《しょうごう》を頂《ちょう》戴《だい》し、同じ独身《どくしん》であるはずの後輩《こうはい》からも、いい人を見つけて幸せになってくださいね、と励《はげ》まされる。実益《じつえき》の伴《ともな》わない好評価《こうひょうか》に、そういうの、もういいんだけどな、と苦笑《くしょう》しながらもため息が洩《も》れる。華《はな》やかな色恋《いろこい》の話とは、もう随分縁遠《ずいぶんえんどお》い。

「着いたら電話してよ。すぐに鍵《かぎ》、開けに行くから」

『ありがとうございます』

小学校に不審者《ふしんしゃ》が入《はい》り込《こ》むような嫌《いや》な事件《じけん》が多い昨今では、たとえ授業《じゅぎょう》中であっても校舎《こうしゃ》の鍵《かぎ》を開放しておくことはない。夏休みの間も同様だ。子どもが自由に校舎《こうしゃ》に入れないというのは、かわいそうな気もするのだが。

『モロゾフのチーズケーキ買っていきます。好きでしたよね？』

返事をするより早く、電話が切れた。

チサ子がやってきたのは、それから十五分と経《た》たない頃《ころ》だった。


「先輩《せんぱい》――」


職員室《しょくいんしつ》で、俯《うつむ》きながら授業案《じゅぎょうあん》を作成していた相川は、大いに驚《おどろ》いた。顔を上げると、玄関《げんかん》側の入り口に、チサ子が立っていた。

「チサちゃん」

早くないか？

今日何本目かわからない煙草《たばこ》を急いで缶《かん》の中に捨《す》てる。問いかけるより早く、彼女《かのじょ》が近付いてきた。

「鍵《かぎ》、開いてましたよー。無用心ですね。教頭先生あたりに見つかってたら、かなり渋《しぶ》い顔されるんじゃないですか、これ」

「嘘《うそ》？　ほんとに？」

慌《あわ》てて腰《こし》を浮《う》かしかけると、チサ子が自分の頬《ほ》っぺたの横で手のひらを振《ふ》り動かした。

「大丈夫《だいじょうぶ》です。もう、きちんと内鍵閉《うちかぎし》めましたから。先輩《せんぱい》にしちゃ珍《めずら》しいですね。普段《ふだん》几帳面《きちょうめん》なのに、らしくない。休みボケですか？」

「いや――」

確《たし》かに鍵《かぎ》をかけるのは習性《しゅうせい》になっていて、だからこそ、しっかり確認《かくにん》したかと言われれば自信がない。「この暑さですもんね」チサ子が白いポロシャツの胸元《むなもと》を大袈裟《おおげさ》に煽《あお》ぐ。

「それに、それ。煙草《たばこ》」

「あ」

まずったな。苦笑《くしょう》を浮《う》かべながら首を振《ふ》る。

「黙《だま》っててくれる？　最近、男の先生たちも吸《す》う率《りつ》が下がっててさ。ただでさえ喫煙者《きつえんしゃ》は肩身《かたみ》が狭《せま》いんだ」

「別にいいですけど、臭《にお》いだけは気をつけた方がいいですよ。結構《けっこう》、残りますから」

チサ子が仕方ないな、というようにため息を吐《つ》く。白い袋《ふくろ》を差し出した。

「買ってきましたよ、チーズケーキ。お茶にしませんか？　私《わたし》も、食べたいし」

「どうせなら、冷やしてからにしない？」

袋《ふくろ》には、モロゾフのMを象《かたど》ったマークが入っている。

「早かったね。てっきり、まだ髙島屋《たかしまや》の近くにいるんだと思ってた」

市内でモロゾフの生菓子《なまがし》を扱《あつか》っている場所は、中心街の髙島屋以外知らない。あそこからここまでは結構《けっこう》な距離《きょり》だ。チサ子がはて、というように首を傾《かし》げた。

「あ、そうですよ。私《わたし》、あそこから電話して、地下でこれ買ってきたんですから」

「そうなの？」

「先輩《せんぱい》、暑さで時間感覚までやられてるんじゃないですか？　それともそんなに集中して仕事してたんですか」

笑いながら、袋《ふくろ》から箱を取り出す。テープでくっついた保冷剤《ほれいざい》を外しながら「冷えてますけど」と相川に示《しめ》した。

「すぐ、食べられますよ。お茶にしませんか」

相川の隣《となり》の席に置き、開けるように促《うなが》す。相川は少しの間考えてから、「いや」と首を振《ふ》った。仕事用の冊子《さっし》を畳《たた》んで、立ち上がる。

「忘《わす》れ物《もの》はどこにしたの？」

「多分、音楽室です。あそこの棚《たな》の上。やっちゃいました」

頭をかき、彼女《かのじょ》がばつが悪そうに説明する。

「私《わたし》のお別れ会、音楽室で生徒たちが演奏会《えんそうかい》をしてくれたじゃないですか。私《わたし》の専科《せんか》が音楽だってこともあって」

「ああ」

子どもたちが考えたことだ。放課後、チサ子に隠《かく》れて合奏《がっそう》の練習をするというので、相川も何回か付き合った。

「すごく感激《かんげき》したのに、私《わたし》、その時もらった手紙を一つ、片付《かたづ》けの時にうっかり棚《たな》に上げたまま――」

内緒《ないしょ》にしてください、と小声になる。

「薄情《はくじょう》なことをしました。何かの弾《はず》みでバレたら、その子、傷《きず》つくでしょう？　本当は、もっと早く取りに来たかったんですけど、機会がなくて」

「俺《おれ》が日直でよかったな。いいよ、俺《おれ》も一緒《いっしょ》に行く。ついでに、校舎《こうしゃ》の見回り付き合ってくれないか？　大丈夫《だいじょうぶ》だと思うけど、鍵《かぎ》が開いてたなら誰《だれ》か入《はい》り込《こ》んでないか気になる」

「いいですけど、先輩《せんぱい》、どうして今日一人なんですか？　相手は？」

「高梨先生。夏風邪《なつかぜ》だって」

「ああ、なんだ。高梨先生、会いたかったのに残念です」

高梨は教員になって二年目で、まだ学生と言っても充分《じゅうぶん》に通じる雰囲気《ふんいき》だ。事実、この間の六月はチサ子を始め、数人の教育実習生たちの間に入って積極的に盛《も》り上《あ》がっていた。学生時代からテニスで鳴らしたという自慢《じまん》に相応《ふさわ》しい、よく日焼けした精悍《せいかん》なマスク。先輩《せんぱい》、チサ子ちゃんって彼氏《かれし》いないんですか、と相川に聞いてきたことを思い出す。

「あいつもきっとチサちゃんに会いたがってるよ。今日、来たって知ったら悔《くや》しがると思う」

「本当ですか？　嬉《うれ》しいなぁ」

「君たちは結局、あれからは何もなかったの？　実習中、随分《ずいぶん》仲良さそうだったけど。高梨先生なら優《やさ》しいいし、外見もいいし、チサちゃんと似合《にあ》ってるよ」

「うーん、ちょっと頑固《がんこ》なところもありそうですけど」

「正義感《せいぎかん》が強すぎる、とも言えるよ。チサちゃんと一緒《いっしょ》だ」

「あれから、連絡《れんらく》は取ってますよ。よくメールするし」

教頭席の横のキーボックスからマスターキーを手に取る。休みの間は音楽室も施錠《せじょう》されているはずだ。

「見回り、助かるよ。一人よりは二人の方が心強い」

「私《わたし》みたいに貧相《ひんそう》な女に何を期待するっていうんですか」

頬《ほお》を膨《ふく》らませて相川を軽く睨《にら》む。

チサ子は確《たし》かに背《せ》が低く瘦《や》せていて、六年生と並《なら》ぶとその中に埋没《まいぼつ》してしまいそうなほどだ。猫《ねこ》のような丸い目と、活発な印象のショートカット。サークルでも、男の後輩《こうはい》たちからそこそこの評価《ひょうか》を得ていたが、相川が好むにしては正直些《いささ》か気が強い。

チサ子の印象は、「正しい人」だ。

頑固《がんこ》なほどの正義感《せいぎかん》の強さ。数年前、サークル仲間が恋愛沙汰《れんあいざた》で揉《も》め、自分の親友が傷《きず》つけられた時、チサ子は相手の男のクラスに乗《の》り込《こ》み、授業《じゅぎょう》中に彼《かれ》を殴《なぐ》ったことがあると聞いた。恥《はじ》をかかされたその男は、しばらくしてサークルをやめた。

若《わか》さゆえの子どもの行動かもしれない。教師《きょうし》になり、社会に出れば、なかなかきれいごとだけでは渡《わた》っていけないのにな、と苦笑《くしょう》してしまう。

「貧相《ひんそう》っていうと聞こえが悪いけど、また痩《や》せた？」

「実はちょこっと」

彼女《かのじょ》が力なく微笑《ほほえ》んだ。

「やっぱり、思い出すと、まだ」

「――そうか」

言葉を濁《にご》す彼女《かのじょ》の様子だけで充分《じゅうぶん》察しがついたから、それ以上聞くのはやめた。

机《つくえ》の上に転がっていた、伸縮《しんしゅく》式《しき》の指《さ》し棒《ぼう》を手に取る。相川が普段《ふだん》から授業《じゅぎょう》で使っているものだ。それを伸《の》ばしたり戻《もど》したり、もてあそびながら、そばに立つチサ子の細いウエストをちらりと眺《なが》めた。

メタボリック、という言葉が日常《にちじょう》生活に市民権《しみんけん》を得て久《ひさ》しいが、相川はこの春の健診《けんしん》でも医者から痩《や》せるように勧告《かんこく》されていた。この体型まで含《ふく》めて、自分の「いい人」のキャラクターが補強《ほきょう》されているに違《ちが》いない。――背《せ》も高いから、太っている、というよりはかろうじて大きい、という印象を保《たも》てることが救いだが。

チサ子は大学のサークルでも、本人が望むと望まざるとにかかわらず舞台《ぶたい》で役を持たされることが多く、その反対に相川は四年間のほとんどを裏方《うらかた》で通した。主役を張《は》りたいと思うこともあったが、無理な希望を口にして身《み》の程《ほど》を知らないと周囲に思われるのは嫌《いや》だった。周囲を困《こま》らせたり、同情《どうじょう》されたりするよりは、諦《あきら》めてしまう方が自分の性《しょう》に合っている。

机《つくえ》に置かれたモロゾフの箱を見て提案《ていあん》する。

「見回りが終わったら食べよう。冷やしてくれる？」

「了解《りょうかい》です」

露骨《ろこつ》に残念そうな表情《ひょうじょう》を浮《う》かべながらも、チサ子が職員室《しょくいんしつ》の隅《すみ》にある冷蔵庫《れいぞうこ》に歩いていく。

「音楽室の手紙、なくなってたらショックだね」

悪戯心《いたずらごころ》で指摘《してき》する。

「もうすでに教え子に発見されてて、小谷先生はひどいっていう評価《ひょうか》になってるかもしれない」

「げぇー、やめてくださいよぉー」

渋面《じゅうめん》を作りながら、彼女《かのじょ》がバタンと音を立てて冷蔵庫《れいぞうこ》を閉《し》めた。相川を睨《にら》む。

「ごめんごめん」

笑いながら、マスターキーをポケットにしまう。彼女《かのじょ》とともに廊下《ろうか》に出た。

（二）

「飴《あめ》、舐《な》めますか？」

玄関《げんかん》に向かう途中《とちゅう》で、チサ子がスティック状《じょう》の飴《あめ》の包みから一つを自分の口に入れた。

相川たちの大学の教育学部には、筆記による通常《つうじょう》試験《しけん》の他に、ピアノや絵画などの実《じつ》技試験《ぎしけん》により入学できる特別枠《とくべつわく》があり、彼女《かのじょ》はその口だった。専門《せんもん》は声楽。発声の基本《きほん》ができているということで、演劇《えんげき》サークルでは重宝《ちょうほう》がられていた。そしてそのせいで喉《のど》には気を配っているのか、今もよく飴《あめ》を持ち歩いている。

「ありがとう」

緑色の包みののど飴《あめ》を受け取り、胸《むね》ポケットに入れる。外からやってきたばかりだろうに、彼女《かのじょ》の手から受け取った包みは思いのほかひんやりとしていた。

窓《まど》を閉《し》め切《き》った静かな廊下《ろうか》に、さっきから蝉《せみ》が押《お》し殺《ころ》して鳴くようなじーっという音が微《かす》かに聞こえる。が、それは気のせいかもしれないと思うくらい、遠くに感じられた。

職員室《しょくいんしつ》から持ってきた指《さ》し棒《ぼう》を、普段《ふだん》の癖《くせ》でカチカチと伸縮《しんしゅく》させる。音が大きく響《ひび》いた。

「一階から順に見回っていいか？　鍵《かぎ》も確認《かくにん》しておきたいし」

「いいですよ。私《わたし》は職員《しょくいん》口から入ったんですけど、正面も確認《かくにん》した方がいいかもしれないですね」

冷房《れいぼう》などという気の利《き》いた設備《せつび》が存在《そんざい》しない公立小学校の廊下《ろうか》は、うだるような暑さだった。しかし、ため息を吐《つ》く相川とは対照的に横のチサ子は涼《すず》しい顔をしている。

「変わってないなぁ。たった二ヵ月《げつ》前だけど、懐《なつ》かしい」

歩き出す途中《とちゅう》で彼女《かのじょ》が言った。

「学校の校舎《こうしゃ》って、どこも同じようなものなのに、やっぱり一校一校、カラーがありますよね。私《わたし》、南小の廊下《ろうか》や階段《かいだん》の雰囲気《ふんいき》、大好きなんですよ」

「そりゃまた微妙《びみょう》なことを言うね。教室は確《たし》かに学校によって雰囲気違《ふんいきちが》うけど、廊下《ろうか》や階《かい》段《だん》なんて、どこもあんまり変わらないんじゃない？」

「そんなことないですよ。私《わたし》が通ってた学校とここじゃ全然雰囲気《ふんいき》が違《ちが》う」

玄関《げんかん》に差《さ》し掛《か》かる。子どもたちの下駄箱《げたばこ》が並《なら》んだ正面玄関《げんかん》と、廊下《ろうか》を挟《はさ》んで向かい合わせにある職員用玄関《しょくいんようげんかん》。順に扉《とびら》の前にしゃがみこむ。相川が施錠《せじょう》を確認《かくにん》して戻《もど》ると、チサ子は少し先に行った廊下《ろうか》から、中央階段《かいだん》をぼうっと眺《なが》めていた。

ふと、足元に目を落とすと茶色く濡《ぬ》れたような上履《うわば》きの跡《あと》が見える。ついたばかりのようにも見えるが、今日は子どもは登校する日ではない。水を含《ふく》んでいるように見えるけど、単なる汚《よご》れか。相川がそれを確認《かくにん》するため近付こうとしたところで、唐突《とうとつ》に、彼女《かのじょ》が言った。

「先輩《せんぱい》。この学校、随分込《ずいぶんこ》み入《い》った怪談話《かいだんばなし》がありますよね。七不思議っていうのかな。『階段《かいだん》の花子さん』」

彼女《かのじょ》が立つ横の壁《かべ》、階段《かいだん》の真向かいに一メートル五十センチ四方の巨大《きょだい》な鏡が置かれている。数年前の卒業生たちからの寄贈品《きぞうひん》。表面に、銀色の文字で日付が書かれている。

「そういえばあるな。だけどあれ、そんなに込《こ》み入《い》ってる？　だいたいどこの学校にもあんな話の一つや二つ、あるんじゃない？」

「先輩《せんぱい》、この学校がいくつ目でしたっけ」

「二つ目」

二十二歳《さい》で教師《きょうし》になってから、ほぼ五年周期での異動《いどう》だ。そして、次の年度末には、異《い》動《どう》希望を出してここを去りたいところだった。

「じゃ、聞きますけど、前の学校にはこんな話ありました？——少なくとも、私《わたし》が子どもの頃《ころ》実際《じっさい》に通ってた小学校には、こんなよくできた七不思議はありませんでしたよ。しかも、『花子さん』ってトイレに出るのが一般的《いっぱんてき》なのに、階段《かいだん》に出るなんて。『トイレの花子さん』なら、ほら、映画《えいが》でも漫画《まんが》でもよく見ますよね」

小首を傾《かし》げながら、彼女《かのじょ》が続ける。

「実習の時から気になってたんです。それって何か、話の成立《なりたち》に由来があるんでしょうか。

何かそれが階段《かいだん》じゃなきゃいけない、必然性《ひつぜんせい》みたいなものが」

「噂《うわさ》だと、昔、建《た》て替《か》えで今の校舎《こうしゃ》ができてすぐに女生徒が一人、ここの階段《かいだん》から落ちたらしいよ。菊島《きくしま》校長から聞いたことがある」

「え。それって、ここの、まさにこの階段《かいだん》ですか？」

チサ子が形のいい眉《まゆ》を微《かす》かに引《ひ》き寄《よ》せる。心配するように、自分の前にある階段《かいだん》を眺《なが》めた。「あ、でも」相川はすぐに首を振《ふ》る。

「その子は別に亡《な》くなったってわけじゃない。確《たし》かに大怪我《おおけが》だったらしいけど、今もどこかで元気にしてるはずだって言ってた。ただ、その事故《じこ》は休み時間中でね、子どもたちが見てる前での出来事だったから、みんなそれだけ衝撃《しょうげき》が強かったんじゃないかな。物凄《ものすご》い出血だったらしいから」

「そうなんですか」

「うん。だからその子が『幽霊《ゆうれい》の花子さん』になったってわけじゃないらしいけど、事故《じこ》の衝撃《しょうげき》から話が変な風に脚色《きゃくしょく》されて盛《も》り上《あ》がっていった可能性《かのうせい》はあると思う。階段《かいだん》と血、事故《じこ》っていうもののイメージと、お馴染《なじ》みの学校の花子さんが結びついてさ。子どもだったらありそうな話だ」

「話の中の花子さん、顔に傷《きず》があるっていう説もあるみたいですけど」

「それもその子のせいかもしれないな。想像《そうぞう》するとかわいそうだけど、顔面に傷《きず》が残ってしまったのかもしれない」

「ああ」

チサ子が腕《うで》を抱《だ》き、神妙《しんみょう》な顔をして頷《うなず》いた。

「だとすると、かわいそうですね。校舎《こうしゃ》の建《た》て替《か》えって、どれくらい前のことなんですか？」

「そりゃもう、大昔も大昔だろ？ 菊島校長が若《わか》い頃《ころ》この学校に勤《つと》めてた時の話らしいし」

今年度には定年を迎《むか》える校長の、ごま塩頭を思い出す。『退職《たいしょく》の年に、こんなことに……』その声まで一緒《いっしょ》に思い出して、慌《あわ》てて階段《かいだん》から目を逸《そ》らす。

「これから三階まで見回りだっていうのに、このタイミングで階段《かいだん》の怪談話《かいだんばなし》か？ やめろよ」

「階段《かいだん》の怪談《かいだん》って、しゃれですか？」

チサ子が微笑《ほほえ》んで、階段《かいだん》の前を素通《すどお》りする。

「だけど、どうして『音楽室』なんでしょうね」

「え？」

「聞いたことないですか。うちの花子さんは『音楽室の窓《まど》から飛《と》び降《お》り自殺した子の幽《ゆう》霊《れい》』だっていう噂《うわさ》。ここだけ『音楽室』で、階段絡《かいだんがら》みじゃない」

「ああ、それなら」

記憶《きおく》に引《ひ》っ掛《か》かることがあった。

「これもまた、菊島校長から聞いた話なんだけど、怪我《けが》をしたその子はピアノがとてもうまかったらしい。将来《しょうらい》は音大を目指してて、合唱の時には必ず伴奏《ばんそう》をやってた。そのせいじゃないか？　怪我《けが》をしたせいで、ピアノがしばらく弾《ひ》けなくなったのかもしれないし、その話が何年も語《かた》り継《つ》がれることによって『自殺』なんて過激《かげき》なものになったのかもな。実際《じっさい》の音楽室には、もちろんそんな事実はないようだけど」

「へぇ、そうなんですか」

チサ子が興味深《きょうみぶか》そうに頷《うなず》いた。

「だったらちょっと親近感を覚えますね。私《わたし》も音楽、大好きだから」

「まぁ、何の脈絡《みゃくらく》もない要素《ようそ》が混《ま》ざってた方が怖《こわ》い話や都市伝説はよりそれらしい気もするけど、うちの場合はこんな風に種明かしができるわけだ」

「ねぇ、先輩《せんぱい》。三階の音楽室の見回り、最後でいいですか？」

「何だ、怖《こわ》くなったのか？」

「うーん、ちょっとだけ」

横にかかった、等身大の鏡。そこに映《うつ》る自分と瞳《ひとみ》を合わせるようにして言う。

「学校って、怖《こわ》い話のネタになりそうな場所がいくらでも他にあるんですよ。この鏡なんて、如何《いか》にもって感じだし。にもかかわらず、この学校は『七不思議』が全部階段《かいだん》に集中してる。その例外として、音楽室。事実が歪《ゆが》んだ噂《うわさ》になっただけかもしれないですけど、やっぱり気にはなるじゃないですか」

チサ子が首を傾《かし》げる。目が合った。

「それにしても先輩《せんぱい》も結構詳《けっこうくわ》しいですね。校長先生といつそんな話をしたんですか？　校長、そんな話あんまり自分からしそうもないのに」

「さぁ、いつだったか。何かきっかけがあったような気もするんだけど」

考えてみるが、思い出せなかった。きっと何かのついでに、彼《かれ》が気紛《きまぐ》れに語ってくれただけなのだろう。

「まぁ、いいよ。音楽室が最後でも。それにしても、やけに怖《こわ》い話に興味《きょうみ》があるな。夏ってのは、確《たし》かに怪談《かいだん》の季節だけど」

会議室、家庭科室、給食室。体育館に続く中庭への外扉《そととびら》をチェックし、鍵《かぎ》に異状《いじょう》がないことを確認《かくにん》する。相川が聞いた。

「一階は異状《いじょう》ないな。そろそろ例の階段《かいだん》を登らなきゃならないけど」

階段《かいだん》の前に出る。昼下がりの夏の太陽が、まだ白く眩《まばゆ》い光で窓《まど》から注いでいた。そこに浮《う》く埃《ほこり》の一つ一つまでが見えそうなほどだ。

階段《かいだん》の正面にある鏡に映《うつ》るせいで、二つの階段《かいだん》が前後に広がるような錯覚《さっかく》を覚える。

「昼だから、残念ながら怖《こわ》い話には向かないね」

「うーん。だけど、昔の人はよく言ったもので日本には『逢魔《おうま》が時《とき》』って言葉があるでしょう？　『魔物《まもの》に逢《あ》う時間』は真夜中ではないんですよね。まだ本当に暗くなり始めたばかりの夕方と夜の境界《きょうかい》の時間です」

チサ子が一歩、階段《かいだん》に足を踏《ふ》み出《だ》す。彼女《かのじょ》の後《うし》ろ姿《すがた》が、鏡の向こうにも映《うつ》った。

「向こうにいる相手の顔がぼんやりして、姿《すがた》は見えるけど誰《だれ》かわからない。そこからきてる『誰《た》そ彼《がれ》』時。はっきりしない夕暮《ゆうぐ》れは、真夜中と違《ちが》って誰《だれ》も魔物《まもの》に注意なんてしない。昼だと思っているからこそ、油断《ゆだん》してすっと出逢《であ》っちゃうんですよ」

「その夕暮《ゆうぐ》れ時にもまだ随分《ずいぶん》あるだろ？　今は三時を回ったばっかりだ」

「つまんないなぁ、もっと怖《こわ》がってくれるかと思ったのに」

不服そうに続ける。

「じゃ、もう少し付き合ってくださいよ。怖《こわ》くないなら丁度《ちょうど》いい。先輩《せんぱい》、『階段《かいだん》の花子さん』の七不思議はどの程度《ていど》知ってます？」

「さぁ……。漠然《ばくぜん》と子どもたちが話す噂《うわさ》から聞きかじった程度《ていど》」

ただし、そうは言いつつも、いくつかにはすぐに思い当たる。誰《だれ》かから詳細《しょうさい》に聞かされたような記憶《きおく》もあるのだが。ただし、それがいつ誰《だれ》になのかまでは思い出せない。

相川は南小に赴任《ふにん》して四年目で、高学年を担任《たんにん》したこともある。それぐらいの年になると、子どもは本当に口達者だから、その時に誰《だれ》かから聞いたのかもしれない。

相川もまた、階段《かいだん》を一段《だん》登る。チサ子が横から尋《たず》ねた。

「その漠然《ばくぜん》とした噂《うわさ》の範囲《はんい》でいいですよ。どれを知ってます?」

「まず……。これも『七不思議』の一つになるのかな。『この学校の花子さんは、階段《かいだん》に棲《す》んでいる』?」

「あ、そうですね。大前提《だいぜんてい》の『七不思議』です」

正面の踊《おど》り場《ば》に、県や省庁《しょうちょう》から送付されたポスターが並《なら》ぶ。歯を磨《みが》こう、動物愛護《あいご》週間のお知らせ。歯ブラシを持った子どもの顔がアップになった写真や、動物を抱《だ》いてにっこり笑う少女の写真。毎年、デザインは似《に》たようなものだ。

その前まで歩きながら、チサ子がさらに問いかける。

「他にはありますか?」

「あとは、これをしないと呪《のろ》われるっていうのがいくつか。『花子さんからもらった食べ物や飲み物は、決して口にしてはいけない』『花子さんに聞かれた質問《しつもん》に嘘《うそ》を吐《つ》いてはいけない』」

「ああ、禁止事項《きんしじこう》ですね」

チサ子が頷《うなず》いた。

「他には？」

「――『花子さんに会いたければ、階段《かいだん》をきれいに掃除《そうじ》すること』」

相川の知る「七不思議」はこれで全部だ。

相川が一つ条件《じょうけん》を挙げるごとに、チサ子が横で指を折って数えていた。右手の薬指までを折り、小指だけを立てた状態《じょうたい》から、自分で先を続ける。

「禁止事項《きんしじこう》は、他にもあと一つあります。相川さんも聞いたことないですか？『花子さんが「箱」をくれると言っても、絶対《ぜったい》にもらってはいけない』」

「箱？」

「何色か、色を選ばせてくれるそうですよ」

踊《おど》り場《ば》を横切り、階段《かいだん》を登り、二階の廊下《ろうか》に立つ。西と東、左右に続いた中学年の教室。特別教室は右手の先に図工室と理科室。左手に図書室がある。

「これもきっと、よく聞く都市伝説の派生《はせい》の類《たぐい》でしょうね。聞いたことありませんか？学校のトイレに入って用を足した後、ふと正面を見ると紙が切れていることに気付く。困《こま》って途方《とほう》に暮《く》れていると、急に幽霊《ゆうれい》の声が聞こえる。――赤巻《あかま》き紙《がみ》と黄巻《きま》き紙《がみ》、青巻《あおま》き紙《がみ》、どれがいい？」

階段《かいだん》の正面には、男子トイレと女子トイレが並《なら》んでいる。中は静かだが、自然とそっちを見てしまう。このタイミングでこの話を振《ふ》ることを最初から狙《ねら》っていたとしたら、チサ子は思いのほか策士《さくし》だな。苦笑《くしょう》しながら、「ああ」と答えた。

「似《に》たような話はいくつか知ってるよ。俺《おれ》が子どもの頃《ころ》に聞いたのは、赤いべべを着せるって話だ。それも学校のトイレの話じゃないかな。寒くない？　赤いべべと白いべべ、青いべべ、どれを着せてあげようかって聞かれるんだ」

「そうです、そんな感じ」

話が通って、チサ子は嬉《うれ》しそうだった。

「そっか、やっぱあちこちにあるんですね、そういう話。何色を選ぶべきだ、とか正解《せいかい》はありました？　赤は血の色だから刃物《はもの》で斬《き》られて殺される、青は水責《みずぜ》めにされて殺される。

黄色を選べば助かる、とか」

「あったあった。でも、そのべべの話は白でもダメだったんだよな。白を選ぶと、それを着せられたまま、刀で斬《き》り殺《ころ》されてしまう。白いべべが赤く染《そ》まることから、赤を選んだのと同じなんだって聞いた。八方塞《ふさ》がりだから、結局どうしようかって子どもも心にも怯《おび》えたな。幸い、そんな怖《こわ》い選択《せんたく》を迫《せま》られるシチュエーションにはとうとう巡《めぐ》り合《あ》えなかったけど」

「先輩《せんぱい》のとこに伝わってた話は、なんだか全体的にちょっとレトロですねー。べべって表《ひょう》現《げん》がそもそも古いし、斬《き》り殺《ころ》されるってまた。時代劇《じだいげき》みたい。面白《おもしろ》い」

ふざけた調子で笑って、「でも、そうなんですよ」とふいに真面目《まじめ》な顔つきになる。右の理科室の方向に曲がり、二人で一つ一つ、教室の鍵《かぎ》を確認《かくにん》していく。廊下《ろうか》は物音一つせず、二人分の足音がよく響《ひび》いた。

「花子さんの場合もそれと同じ。赤い箱と青い箱と、黄色い箱。どれが欲《ほ》しいか聞かれるそうです。だけど、正解《せいかい》はどれを選んでもダメ。赤を選ぶと血まみれになって殺されるし、青い箱を選ぶと学校中の水道の蛇口《じゃぐち》から水が溢《あふ》れて溺《おぼ》れ死《じ》ぬ」

「黄色は？」

「笑えますよ。なんと感電死」

チサ子がくすっと笑う。

「よく考えたもんだね」

本当に感心して、相川は唸《うな》る。

「色の連想で、それ、黄色と電気を結びつけたわけだろ？」

「まぁ、そんなわけで逃《に》げ場《ば》がないんですよ。うちの花子さんの場合は、だから、たとえくれると言っても、どの色の箱も決してもらってはならない」

「助かる方法はないの？　花子さんと出会ったが最後、死ぬしかない？」

そんな畏怖《いふ》の対象である花子さんを進んで呼《よ》び出《だ》すという発想が如何《いか》にも子どもらしい。

「別に花子さんだって悪さばかりをするわけではないんですよ。私《わたし》の頃《ころ》は、自分の好きな人が誰《だれ》を好きなのか教えてくれたり、両思いになる手助けだってするって言われてた。花子さんは学校のことなら何でも知ってるし、子どもたちにとっては憧《あこが》れの対象なんですよ。『花子さんの七不思議』には、ちゃんと『花子さんにお願いごとをする時は、彼女《かのじょ》の望むものを与《あた》えること』というのがあります。助かりたければ、何かをあげる必要がある」

「それには物の指定はないの？　べっ甲飴《こうあめ》とかさ」

「口裂《くちさ》け女ですか？　うーん、残念ながら、うちの花子さんの場合、具体的な指定はないみたいですけどね。苦手なものも特に指定されてないし、『ポマード』って呪文《じゅもん》を唱えたところで追《お》い払《はら》ったりはできないみたい」

これで、六つか。

チサ子が言い、小指が一本だけ立った状態《じょうたい》を一旦《いったん》解《と》いてから、また新たに人差し指を立てる。

「あ、あと、花子さんの与《あた》える罰《ばつ》は一つじゃないみたいですよ。箱のパターンの場合は、確《たし》かに死が待ってるみたいですけど、最初先輩《せんぱい》が言ってた禁止事項《きんしじこう》、『もらった物を食べない』『嘘《うそ》を吐《つ》かない』に与《あた》えられる呪《のろ》いはちょっと違《ちが》う。それが、七つ目の『不思議』として、しっかり示《しめ》されています。あ、七つ目って言っても、別に順番がついてるわけじゃありませんけど」

西側の最後の部屋、理科室の鍵《かぎ》を確認《かくにん》した後で、チサ子がふいにドアに耳を近付けた。

「水音、聞こえませんか？」

そう尋《たず》ねる。

「気のせいかな。私《わたし》、前にこの学校に放課後残ってた時、理科室で水道の水が滴《したた》ってて、ちょっと怖《こわ》かったことがあるんです。蛇口《じゃぐち》が緩《ゆる》かったみたいで」

「何も聞こえないよ。気のせいじゃない？　それより花子さんの呪《のろ》いっていうのは」

首を振《ふ》るが、チサ子がドアから体を離《はな》さない。「中、入ってみましょうよ」と相川を誘《さそ》った。

「私《わたし》、ガスの元栓《もとせん》とか、ヘアアイロンのプラグとか、人一倍気になっちゃうんです。あと、さっきの花子さんの箱の話をした後だと、バカみたいでしょうけど、やっぱり気になる。お願いします。開けてみましょうよ」

――青い箱を選ぶと学校中の水道の蛇口《じゃぐち》から水が溢《あふ》れて溺《おぼ》れ死《じ》ぬ。

「……わかったよ」

少し神経質過《しんけいしつす》ぎるんじゃないか、と喉元《のどもと》まで言葉が出かかった。が、結局ポケットからマスターキーを取り出してドアを開けた。中を覗《のぞ》き込《こ》むと、薬品臭《やくひんしゅう》を含《ふく》んだこもった空気が顔にむわっと掛《か》かった。

微《かす》かに、息を止めた。

理科室の中は、薄暗《うすぐら》かった。黒い遮光《しゃこう》カーテンが窓《まど》全部を覆《おお》って、圧迫感《あっぱくかん》と閉塞感《へいそくかん》に満ちた息苦しい空間を作り出していた。誰《だれ》が最後にしめたのだろう。他の教室や特別室は、夜でも休み中でもカーテンなんかまずひかない。理科室だって、そうだと思っていた。

水道はどれもきちんと蛇口《じゃぐち》がしめられている。水は流れていない。

「花子さんの呪《のろ》いは、階段《かいだん》に閉《と》じ込《こ》められることです」

背後《はいご》で声がした。相川の肩《かた》が、反射《はんしゃ》のようにびくりと動く。振《ふ》り返《かえ》ると、あれほど水音を気にしていたチサ子が中に入ろうともせず、廊下《ろうか》の同じ場所に立っていた。

「『花子さんが与《あた》える罰《ばつ》は、階段《かいだん》に閉《と》じ込《こ》めて、二度と出られなくすること』。これが、階《かい》段《だん》の花子さん、最後の『七不思議』です。子どもたちは、無限階段《むげんかいだん》の刑《けい》とも呼《よ》んでる。一階の最後の一段《だん》を下りても、また三階の最初に戻《もど》される。終わることなく、階段《かいだん》が続くんです」

彼女《かのじょ》の目が階段《かいだん》の方向を振《ふ》り返《かえ》る。

「この階段《かいだん》、何度数えても段数《だんすう》が違《ちが》う。そういう噂《うわさ》、聞いたことありませんか？」

「いや……」

「子どもたちが話してました。何人かで階段《かいだん》を下りる時、三階から順にそれぞれが心の中で、声に出さずに段数《だんすう》をカウントする。着いた時に確認《かくにん》し合うと、答える数がみんなバラバラで合わないそうですよ。それも花子さんの呪《のろ》いの一つなんじゃないかって、話されている」

チサ子が相川を見た。背後《はいご》の暗い理科室、そこからの重苦しい空気を背中《せなか》に感じる。彼女《かの》の視線《しせん》が相川を素通《すどお》りして部屋の中に投げかけられる。そこに何が見えるわけでもないだろうに、ゆっくりとゆっくりと、双眸《そうぼう》を歪《ゆが》める。

「多分、踊《おど》り場《ば》のカウント数を間違《まちが》えるんだと思うんです。踊《おど》り場《ば》を一段《いちだん》として数える子とそうでない子。また、踊《おど》り場《ば》に差《さ》し掛《か》かるタイミングに応《おう》じて、数える時もあればそうしない時もある。そこを示《しめ》し合《あ》わせておかないから、結果バラバラになってしまう。本当に、子どもらしい」

彼女《かのじょ》が相川を見た。

「花子さんの呪《のろ》いは、一生、同じ階段《かいだん》をぐるぐるぐるぐる、回り続けることなんです」

いいですか、と彼女《かのじょ》が言った。

「花子さんの七不思議は、これで全部です。

一つ目、『この学校の花子さんは階段《かいだん》に棲《す》んでいる』

二つ目、『花子さんに会いたければ、彼女《かのじょ》の棲《す》む階段《かいだん》を心の底から一生懸命《いっしょうけんめい》、掃除《そうじ》すること』

三つ目、『花子さんのくれる食べ物や飲み物を口にすると呪《のろ》われる』

四つ目、『花子さんの質問《しつもん》に、嘘《うそ》を吐《つ》くと呪《のろ》われる』

五つ目、『花子さんが「箱」をくれると言っても、もらってはならない』

六つ目、『花子さんにお願いごとをする時は、花子さんが望むものを与《あた》えること』

七つ目、『花子さんの与《あた》える罰《ばつ》は、階段《かいだん》に閉《と》じ込《こ》める、無限階段《むげんかいだん》の刑《けい》』」

「……どうしてそんなに詳《くわ》しいの？」

乱暴《らんぼう》に、理科室のドアを閉《と》じる。バタン、という大きな音が廊下《ろうか》に響《ひび》いた。それを契機《けいき》に空気が元に戻《もど》ることを期待して。が、チサ子は落《お》ち着《つ》き払《はら》ったまま、声の調子を変えることもなかった。

「先輩《せんぱい》のクラスの過去《かこ》の活動記録ファイルの中に、たまたま見つけたんです。去年の、あの子たちの自由研究の一つ。――相川さん、覚えてませんか？」

一ヵ月《げつ》、子どものことをみっちり知るために過去《かこ》の資料《しりょう》を貸《か》して欲《ほ》しい。そうせがまれて実習の最初にファイルを貸《か》したことを思い出す。

「誰《だれ》の研究？」

喉《のど》の奥《おく》に声が絡《から》む。嫌《いや》な予感がした。

「青井さゆりちゃん」

チサ子の答えを聞いて、あっと思い出した。去年の自由研究。その時に彼女《かのじょ》から聞かされた花子さんのルール。発表会を観《み》に来ていた菊島校長から、あの時、過去《かこ》の事故《じこ》の話も聞いた。そうだ、あの時だった。

チサ子が目を伏《ふ》せ、階段《かいだん》の方向に首を動かす。

――ねぇ、先輩《せんぱい》。

その声は、それまでの話し方より一段《だん》低く、静かに響《ひび》いた。彼女《かのじょ》が尋《たず》ねる。

「さゆりちゃん、どうしてあんなことになっちゃったんでしょう」

「……わからないけど」

チサ子が見つめる階段《かいだん》の方向を、相川も一緒《いっしょ》に見つめる。掠《かす》れた声になった。

「本当にかわいそうなことだったと思う」

「まだ信じられません。あの子がもう、どこにもいないなんて」

「――お母さんは、いまだに警察《けいさつ》から繰《く》り返《かえ》し事情聴取《じじょうちょうしゅ》をされてるらしいよ」

胸《むね》を軽く押《お》さえて、息を吐《は》き出《だ》す。思ったより、長い吐息《といき》になった。頬《ほお》の表面にぴりぴりと強張《こわば》った空気を感じる。

「どうして、あの子が死ななきゃならなかったんだろう」

「クラスの中で、みんながなんとなくあの子を仲間外れにしようとしてるのはわかってました。だけど私《わたし》、何も気付かなかった。さゆりちゃんの身体の痣《あざ》にも、抱《かか》えている家庭の事情《じじょう》にも」

「それを言うなら、本当は俺《おれ》が気付かなきゃならなかったんだ。――誰《だれ》にも相談できなかったみたいだし」

相談できる相手など、実際《じっさい》いなかったのだろう。そう、相川は思っている。

先月、七月。

教育実習を終えたチサ子が南小を去って、二週間近くが経過《けいか》した頃《ころ》だった。夏休みを目前にした日曜日。

相川の受け持っていた生徒である青井さゆりが、とある渓谷《けいこく》で遺体《いたい》で発見された。近くの橋の欄干《らんかん》に彼女《かのじょ》のものと見られる靴《くつ》が揃《そろ》えて置かれていたことから、現場《げんば》は自殺と見られる状況《じょうきょう》だった。その橋は、春の歩き遠足の際《さい》に皆《みな》で登った山の中にある。さゆりは場所を覚えていて、一人でそこまで歩いたのではないか、とも推測《すいそく》された。しかし、遺書《いしょ》の類《たぐい》は一切《いっさい》発見されず、自宅《じたく》には彼女《かのじょ》の字でただ『学校に行ってきます』という書き置きが残されていただけだった。

警察《けいさつ》は事件《じけん》と自殺、両方の線から現在《げんざい》も捜査《そうさ》中だ。

現場《げんば》の川は流れが急で、その上、水の間を切り立った岩が埋《う》め尽《つ》くしている。当日は、水嵩《みずかさ》がそこまで多くなく、また遺体《いたい》にも水を飲んだ形跡《けいせき》がほとんどないことから、彼女《かのじょ》の直接《ちょくせつ》の死因《しいん》は、橋から落ちた際《さい》に後頭部を岩場で強打したことによる失血であると見なされた。ほとんど即死《そくし》だったという話だ。

「親があまりにひどいよ。あれは」

ポツリと呟《つぶや》く。

さゆりの遺体《いたい》が発見されたのは日曜日。その前日の土曜の夜、彼女《かのじょ》が家に帰らなかったにもかかわらず、さゆりの母親は娘《むすめ》の不在《ふざい》を何ら気に留《と》めなかったのだという。父親と離《り》婚《こん》した後から始めた夜の仕事が忙《いそが》しく、普段《ふだん》から注意なんて向けていなかった、と彼女《かのじょ》は語った。

確《たし》かに、さゆりはろくに洗《あら》われた形跡《けいせき》のない同じ服を何日も続けて着ていることが多く、そのことが職員《しょくいん》会議でもよく問題になっていた。相川も母親と話をするため、何回か家を訪《おとず》れたが、ほとんどの場合彼女《かのじょ》は不在《ふざい》で、ろくろく会えもしなかった。

そして、川から発見されたさゆりの遺体《いたい》には、生前から日常的《にちじょうてき》につけられたと見られるたくさんの痣《あざ》と傷《きず》が発見された。外からはぱっと見えない腹《はら》や背中《せなか》、腕《うで》の上部を中心についた内出血の痕《あと》。

『今は親が子どもを平気で殴《なぐ》るご時世だから……』

世間的には珍《めずら》しいことでなくなってしまった、児童虐待《ぎゃくたい》。青井さゆりのニュースは、ごく短い、二、三日の間だけ全国版《ぜんこくばん》のテレビ放送でも扱《あつか》われ、そこに登場したコメンテーターが眉《まゆ》をひそめてそう言っていた。

虐待《ぎゃくたい》と殺人の嫌疑《けんぎ》をかけられた彼女《かのじょ》の母親は、その事実を否認《ひにん》している。きっと何かの間違《まちが》いだ。普段《ふだん》から一緒《いっしょ》に過《す》ごす時間などほとんどなかったし、彼女《かのじょ》の身体にそんなものがあったことだって知らなかった、と。しかし、母親がどれだけ訴《うった》えようとも、それは苦しい言《い》い訳《わけ》としか映《うつ》らないだろう。近所の人間にも、学校関係者にも、そしておそらく警《けい》察《さつ》にも。

夜、母親の帰りを待って、鍵《かぎ》がかかった部屋の前で座《すわ》り込《こ》むさゆりの姿《すがた》が近所の住民に何度も目撃《もくげき》されていた。

「でも、私《わたし》たちだって、痣《あざ》のことは何も気付かなかった。さゆりちゃんはよく長袖《ながそで》を着ていて……。今考えると、それも、私《わたし》たちの目から自分の肌《はだ》を隠《かく》すためだったのかって、それを考えると私《わたし》、悔《くや》しくて、彼女《かのじょ》があまりに健気《けなげ》で、たまらなくなります」

「ああ」

「だって、あの子たちは知ってたのに」

重苦しい空気が流れた。相川には何も言えなかった。

さゆりの死、それにより判明《はんめい》した虐待《ぎゃくたい》の形跡《けいせき》について、相川たちも立ち会った上で、警察《けいさつ》はクラスの子どもにも話を聞いた。チサ子同様、相川もさゆりがクラスで疎《うと》まれる存在《そんざい》であることは気付いていていた。親しい友達がいる様子はなかったし、母親が世話を焼かないせいで「不潔《ふけつ》」であるとか、「汚《きたな》い」と言われていることも知っていた。やめさせようと注意したたし、何度もクラスで話し合いを持ってきた。

「お化け」というあだ名が彼女《かのじょ》につけられていることも、だから知っていたし、気にはなっていた。

けれど、事件《じけん》後の聞《き》き込《こ》みにより、彼女《かのじょ》がそう呼《よ》ばれていた理由が判明《はんめい》した。体育の着《き》替《が》えの時、彼《かれ》らはさゆりの身体についた痣《あざ》を見てしまったのだという。青紫《あおむらさき》と赤紫色《あかむらさきいろ》で斑《まだら》になった肌《はだ》を指し、誰《だれ》かがつけた心ないあだ名だった。

チサ子がため息をついた。

「子どもが、時にとても残酷《ざんこく》なんだということは知っています。だけど、痣《あざ》のことを私《わたし》たちに教えるでもなく、さらにいじめの材料にするなんて……。もっと早くに教えてくれていれば、きっとあんなことには」

「俺《おれ》も、本当に危機《きき》感が足りなかったんだ。虐待《ぎゃくたい》のこともだけど、いじめがそこまでエスカレートしてたことにも、まるで気付けなかった」

右手に握《にぎ》った指《さ》し棒《ぼう》を、またカチカチと鳴らす。落ち着かなかった。

先月の終わり、さゆりが死んでから夏休みに入るまでの一週間は、ほとんど授業《じゅぎょう》にならなかった。保護者《ほごしゃ》たちを交えたいじめ問題への説明と話し合いが繰《く》り返《かえ》し行われ、その様子は今思い出しても心が疲弊《ひへい》するものだった。冷静に話を聞く親もいたが、それらはごく少数だった。さゆりの母親が娘《むすめ》への虐待《ぎゃくたい》を否定《ひてい》し、ひいてはその死の責任《せきにん》を学校でのいじめなのではないか、と言及《げんきゅう》したためだ。あの痣《あざ》は、子どもたちの行《い》き過《す》ぎたいじめの結果に違《ちが》いない、と。

あの母親が殺したに決まってるのに、うちの子たちが謂《いわ》れのない疑《うたが》いをかけられるんですか。――ヒステリックに上がった声は一つではなかった。

「でも、いまだに納得《なっとく》ができない」

ぽつりと独《ひと》り言《ごと》でも呟《つぶや》くようにチサ子が言った。

「何が」

「どうして、さゆりちゃんはあの日『学校に行ってきます』なんて書き置きを残したのか」

彼女《かのじょ》が相川の瞳《ひとみ》をまっすぐ見ながら言った。

「あれは、確《たし》かにさゆりちゃんの字で残されてたって話ですよね。本当に来たのかどうか、土日は学校、施錠《せじょう》されるからわからないですけど」

「彼女《かのじょ》のお母さんは、あの書き置きがあったことも、娘《むすめ》のSOSだったんじゃないかって話してるらしい。さゆりちゃんの死は、学校がそこまで嫌《いや》だったってことを苦にしての自殺なんだと。——警察《けいさつ》は、それを聞いてあの書き置きがお母さんの偽装《ぎそう》工作である可能性《かのうせい》も考えてるみたいだけど。無理矢理《むりやり》書かせたとか」

「だけど、それもちょっと納得《なっとく》できないですよね。お母さんが疑《うたが》われてる通り、さゆりちゃんを——、殺してしまったんだとしても、だったらそれって計画的な犯行《はんこう》だったことになってしまう」

チサ子が首を傾《かし》げる。

「かっと頭に血が上って、というのならわからないではないんです。誤《あやま》って突《つ》き落《お》としてしまう、勢《いきお》いで力が入り過《す》ぎてしまった、というのなら。だけどそんな準備《じゅんび》をしたという のは、私《わたし》にはしっくり来ない」

「真相はもうわからないさ。どれだけ、ここで考えたところで」

思わず、きっぱりとした声が出た。チサ子が口を噤《つぐ》む。もう一度じっと相川の顔を見つめ、それからふいに「そうですね」と顔を背《そむ》けた。

「ごめんなさい。相川さんにも、思い出させてしまって」

それきり、廊下《ろうか》を反対側に歩いていく。その後《うし》ろ姿《すがた》。思わず、小さな息が出る。水道を気にしていたんじゃなかったのか。

チサ子は理科室の中に入ろうともしなかった。

「先輩《せんぱい》」

彼女《かのじょ》が振《ふ》り返《かえ》る。どうしたんですか、と。

「早く行きましょうよ」

「ちょっと待って」

わざとらしく音を立てながら、マスターキーで再《ふたた》び理科室の鍵《かぎ》をかける。振《ふ》り返《かえ》ると、チサ子はすでに興味《きょうみ》をなくしたように、もう相川から視線《しせん》を外し、ぼんやりと立っているだけだった。

（三）

「――ずっと気にしてるのか」

図書室の方向に歩く途中《とちゅう》で尋《たず》ねると、チサ子が子リスのような大きな目を動かし、相川の顔を無言で見た。付け加える。

「痩《や》せた理由も、それ？」

「ああ」

どこかぼんやりとした口調で彼女《かのじょ》が頷《うなず》いた。相川が言う。

「確《たし》かに、実習のクラスの子のことでショックだというのはわかる。だけど、君がそこまで気に病《や》む必要はないんだ。ここからの責任《せきにん》は、俺《おれ》や学校できちんと考えていくよ」

言うと、ややあってから彼女《かのじょ》が呟《つぶや》くように答えた。

「え？」

「実は――。私《わたし》、仲良かったんです。多分、先輩《せんぱい》が思うよりずっと」

「さゆりちゃんと」

彼女《かのじょ》を見つめ返す。驚《おどろ》いたが、どうにか平静を保《たも》つことができた。

意外だった。教育実習生は確《たし》かに子どもから人気があるのが普通《ふつう》だが、さゆりはどちらかといえば、興味《きょうみ》があっても近付いていけない部類の子どもだと思っていた。他のクラスメートがチサ子を構《かま》うのを、遠くから羨《うらや》ましそうに見ていたような記憶《きおく》しかない。

「仲が良かったって、どういう風に」

「放課後、あの子が居残《いのこ》り掃除《そうじ》をしているのにたまたま気が付いて。気になって声をかけたんです。――毎日、してるみたいだったから」

答えを聞くと同時に、半開きにした唇《くちびる》が一瞬《いっしゅん》で乾《かわ》いていく。彼女《かのじょ》が続けた。

「みんな、掃除《そうじ》をサボって帰ってしまうけど、きれいにしないと叱《しか》られるから、自分だけはやるんだって話してました。あの子、とても責任感《せきにんかん》が強かった」

クリーム色の廊下《ろうか》に、チサ子の色の薄《うす》い影《かげ》が差す。相川の一歩先を、表情《ひょうじょう》を見せずに歩いていく。

「それから放課後、何回かまた見かけて、その度《たび》に少しずつ話すようになりました。さゆりちゃん、クラスの中ではほとんど笑顔《えがお》を見せなかったけど、本当はよく笑う子なんですよ。一緒《いっしょ》に付き合って掃除《そうじ》したり、本を貸《か》してあげたり、私《わたし》たち、お互《たが》いにいろいろ話しました」

「話したって、何を」

強張《こわば》った声にならないように注意を払《はら》ったが、うまくいったのかどうか、客観的な判断《はんだん》ができないことがもどかしかった。

「友達と仲良くできないことが寂《さび》しいって話してもいたし――」

チサ子が答える。

「だけど、そのことを去年からずっと相川先生が相談に乗ってくれてるって、話してました。お母さんには話せなかったけど、先生には話せる。学級会で、みんなと話し合ってくれたんだって、嬉《うれ》しそうに」

後《うし》ろ姿《すがた》を見せたまま、チサ子が突《つ》き当《あ》たりの図書室まで軽い足取りでスタスタ歩いていく。相川は時間をかけながら、その間の教室の鍵《かぎ》を、一つ一つ黙《だま》ったまま確認《かくにん》していく。

「あの子、先輩《せんぱい》のことが本当に好きで、心の拠《よ》り所《どころ》にしていたみたいでした」

チサ子がようやく、相川を振《ふ》り返《かえ》った。薄《うす》い笑《え》みが浮《う》かぶ。

「それを聞いて、私《わたし》、先輩《せんぱい》みたいな先生になれたらいいなぁって思いました」

「ああ」

短い相槌《あいづち》を打つ。チサ子は、聞いているのかいないのかわからなかった。目を細め、図書室のドアを背《せ》に、半袖《はんそで》のシャツから伸《の》びる白い腕《うで》を組んで立つ。

「ある日、さゆりちゃんが肩《かた》を押《お》さえていたんです。掃除《そうじ》しながら、庇《かば》うように」

口を閉《と》じたままなのに、喉《のど》の間を空気がひゅっと抜《ぬ》けていく感覚があった。チサ子を凝視《ぎょうし》する。

「それって、もしかして」

「見せてって頼《たの》みました。彼女《かのじょ》は嫌《いや》がったけど、気になって仕方なかった。服を捲《めく》ると、赤くて丸い火ぶくれができてた。私《わたし》、びっくりして、丁度《ちょうど》そこを通りかかった高梨先生と二人でさゆりちゃんを保健室《ほけんしつ》に連れて行きました。養護《ようご》の先生はいなかったけど、二人で彼女《かのじょ》の腕《うで》を冷やしました」

相川の目をじっと見据《みす》えたまま、チサ子が答えた。

「高梨先生が、これは多分煙草《たばこ》を押《お》し付《つ》けられた痕《あと》じゃないかって」

「ああ」

吐息《といき》のような声が出る。額《ひたい》にも、手の中にも嫌《いや》な汗《あせ》をかいていく。

「そうなんだ。あの子の遺体《いたい》にも、その痕《あと》がたくさんあったらしい」

さゆりの母親が、娘《むすめ》の傷《きず》をクラスの子どもたちの責任《せきにん》にしてしまえない大きい理由がここにある。あれは、子どもの仕業《しわざ》ではない。

「さゆりちゃんは、否定《ひてい》しました。自分の不注意で前の日に火を使っててやってしまっただけだって。——私《わたし》たちも確認《かくにん》できたのはそれ一つだけで、それ以上はもう、身体についた他の傷《きず》に気付けなかった」

彼女《かのじょ》の声が無表情《むひょうじょう》に冷たく、乾《かわ》いたようになっていく。瞬《まばた》きを長く、一つした。

「高梨先生と相談しました。あの火ぶくれは、ひょっとしてつけられてからそう時間が経《た》っていないんじゃないかって。家ではなく、学校の中で、誰《だれ》かにつけられたものなんじゃないかって」

二階の廊下《ろうか》の窓《まど》は、同じ昼間の光を入れている。けれど、一階の廊下《ろうか》を歩いていた時の方が余程《よほど》明るく感じられた。

「どうして教えてくれなかったんだ」

思わず強い声が出る。チサ子が目線を上げた。

「……ごめんなさい。だけど、勘違《かんちが》いである可能性《かのうせい》もあったし、何より、さゆりちゃんが嫌《いや》がったんです。本当に何でもないって」

相川は何も応《こた》えなかった。

「私《わたし》も高梨先生も、相川さんが言うとおり危機《きき》感が足りなかったんです。無理して聞き出すんじゃなくて、自然と話してくれるのを待とうって。それからは、実習が終わるまでの間、三人でよく話しました。高梨先生と私《わたし》、その時に仲良くなったんです」

ひやりと、背中《せなか》に冷たいものが通《とお》り抜《ぬ》けた。哀《あわ》れむように、チサ子が目を細めた。

「先輩《せんぱい》、聞きました？　さゆりちゃんの身体にあった痣《あざ》は単純《たんじゅん》に素手《すで》で殴《なぐ》ったというよりは、何か長い棒《ぼう》のようなものを押《お》し当《あ》ててできたものが多かったそうです。丁度《ちょうど》その」

宣告《せんこく》するように毅然《きぜん》とした口調で、チサ子が告げる。

「授業《じゅぎょう》で使う指《さ》し棒《ぼう》みたいな、長くて細い棒《ぼう》で」

相川は身じろぎもせずに声を受け止めた。金属《きんぞく》を握《にぎ》り締《し》めた手の中が、じっとりと嫌《いや》な汗《あせ》で濡《ぬ》れていく。

「おかしなこと言うなよ」

声を出して、笑い飛ばす。

「その時君が見た煙草《たばこ》の痕《あと》の話は誰《だれ》かにしたの？　例えば、警察《けいさつ》とか」

ようやく声が出た。チサ子が黙《だま》った。もったいぶるような沈黙《ちんもく》を経《へ》て、ゆっくりと唇《くちびる》を開く。

「いいえ。もう、あんなことになってしまった後だし、今更《いまさら》意味がないかもしれない。最初に話すなら相川さんにしようと思ったんです。実習でお世話になったし、何よりさゆりちゃんの担任《たんにん》だったたし。――彼女《かのじょ》もあなたを慕《した》っていたし」

そういえば。

彼女《かのじょ》が続けた。

「この職員室《しょくいんしつ》で煙草《たばこ》を吸《す》うのって、誰《だれ》でしたっけ」

自分が唾《つば》を呑《の》む、ごくりという音、その感覚がはっきりとわかる。チサ子を見た。

「あんまり多くないですよね。男性《だんせい》であっても、高梨先生も、校長先生も教頭先生も吸《す》わない。だからこそ、相川さんや他の数人の先生方は肩身《かたみ》が狭《せま》いってよく話してましたもんね」

声が出なかった。無難《ぶなん》な相槌《あいづち》を努力して打とうとする相川の前で、チサ子が腕組《うでぐ》みを解《と》いた。「行きましょう」と、呼《よ》びかけてくる。

「音楽室、そろそろ忘《わす》れ物《もの》を取りに行ってもいいですか？」

横をすっと素通《すどお》りし、三階に続く階段《かいだん》を見上げながら、また「でも、不思議ですよね」と振《ふ》り返《かえ》った。

「さゆりちゃん、本当に一人で一生懸命掃除《いっしょうけんめいそうじ》してたんですよ。叱《しか》られるからって」

「え？」

虚《きょ》を突《つ》かれたように、のろのろと顔を上げる。チサ子が無感動な口調で告げる。

「この、二階から三階にかけての階段《かいだん》。だけど、その時、ちょっとおかしいなって思ったんです。『叱《しか》られる』って、誰《だれ》に『叱《しか》られる』んだろうって」

「あ」

「子ども同士の関係では、あまり出ない言葉ですよね、『叱《しか》られる』」

唇《くちびる》を窄《すぼ》めるようにして、チサ子が微笑《ほほえ》む。

「だけど、先輩《せんぱい》がそんな理《り》不《ふ》尽《じん》なことをするはずはないし。本当に不思議だったんです」

行きましょう。

彼女《かのじょ》が先に立ち、階段《かいだん》を登る。再《ふたた》び無《む》表情《ひょうじょう》になり、ゆっくりと一段《だん》一段《だん》足を前に進めていく。

「先輩《せんぱい》」

顔を上げる。

「さゆりちゃん、お母さんのことが大好きだったんです。確《たし》かにあんまり構《かま》ってくれなかったかもしれないし、近所の人たちが言う通り、『ひどいお母さん』だったかもしれない。だけど、掃除《そうじ》していて、放課後、一度だけだけど、さゆりちゃんをお母さんが門のところまで迎《むか》えに来たことがあったんです」

後《うし》ろ姿《すがた》を向けたまま、彼女《かのじょ》が続ける。

「手を繋《つな》いで、嬉《うれ》しそうに一緒《いっしょ》に帰っていった。お母さんも、私《わたし》に笑顔《えがお》で会釈《えしゃく》してくれました。今、彼女《かのじょ》が嘆《なげ》いているのは、何も嫌疑《けんぎ》がかけられているからというだけではないと思うんです。娘《むすめ》を失ってしまった悲しみの方が、その何倍も、本当は強いかもしれない。それを思うと、私《わたし》、やりきれません」

——先輩《せんぱい》。

彼女《かのじょ》がまた言った。

「あの子は何も、言いませんでしたよ」

チサ子が相川を見る。静かに瞳《ひとみ》を見つめ合わせて、微笑《ほほえ》んだ。

「何も、教えてくれなかった」

（四）

校舎《こうしゃ》には、今、小谷チサ子と相川の二人だけだった。

乾《かわ》いた唇《くちびる》を舐《な》める。指で触《ふ》れると、自分の手のひらが汗《あせ》に濡《ぬ》れていることが改めて実感できた。体が熱いのに、背筋《せすじ》だけがぞくぞくと寒い。

口数が少なくなった相川を後ろに連れたまま、チサ子は平然と階段《かいだん》を登っていく。その涼《すず》しげな背中《せなか》と、そこから伸《の》びる白い手足を見ていると、もどかしさに襲《おそ》われる。彼女《かのじょ》は何も言わない。

日直は今日、相川一人だ。他には、明日《あした》の日直の出勤《しゅっきん》時間まで誰《だれ》も校舎《こうしゃ》に来る予定がない。今、この中は完全なる密室《みっしつ》だ。校舎《こうしゃ》は校庭と裏庭《うらにわ》に挟《はさ》まれている。学校の敷地《しきち》の外も、水田と公園だ。民家までは随分距離《ずいぶんきょり》がある。中で少しくらい大きな物音がしても、きっと誰《だれ》にも届《とど》かない。

あの時だって、そうだった。

チサ子は今日、ここに来ることを誰《だれ》かに洩《も》らしただろうか。

「推測《すいそく》なんですけど」

見つめていた白い背中《せなか》が急に口を利《き》いた。唇《くちびる》を噛《か》んだまま、一歩もそこを動けずにいた相川は、ただ「ああ」と返事をするのが精一杯《せいいっぱい》だった。軽《かろ》やかな足取りで、チサ子が踊《おど》り場《ば》を通《とお》り過《す》ぎ、視界《しかい》から消える。彼女《かのじょ》の声だけが頭上から落ちてくる。

足元の床《ゆか》に、また、茶色く濡《ぬ》れたような上履《うわば》きの足跡《あしあと》。ただの汚《よご》れだ、と踏《ふ》みつけると、水がこすれたように歪《ゆが》む。ぞっと、寒気に襲《おそ》われた。

「さゆりちゃんは、ひょっとしたら、あの日、学校に来ていたんじゃないでしょうか」

姿《すがた》の見えない声が言う。

相川は大きく息を吸《す》い込《こ》み、奥歯《おくば》を噛《か》み締《し》めた。チサ子の声がやむ。噴《ふ》き出《で》る額《ひたい》の汗《あせ》を拭《ぬぐ》いながら、尋《たず》ねる。

「どうしてそう思うの？」

「勘《かん》です。休みの日だけど、誰《だれ》かと約束でもしていたのかもしれない。あれはお母さんの偽装《ぎそう》工作だとしてもやっぱりちょっと変だし、さゆりちゃんが嘘《うそ》を書いたとも思えない」

チサ子はどこまで行くのだろう。足音が続いている。終わることなく。遠ざかっているはずなのに、彼女《かのじょ》の告げる声だけはまだすぐ近くに感じられた。

「誰《だれ》かに呼《よ》び出《だ》されたって、例えば誰《だれ》だよ。あの子はそう友達が多い方じゃなかっただろ」

「孤独《こどく》だったからこそですよ。そんな中で自分の話を聞いて相談に乗ってくれる人がいたら、きっとその人のことは大好きになるだろうし、何でも言うことを聞いてしまうかもしれない」

「相談に乗っていたっていうなら、その条件《じょうけん》に当てはまるのは君か高梨先生だろ？　そんな覚えでもあるのか」

言いながら、そうだ、高梨がいた、と思い当たって思わず顔をしかめる。チサ子が見たというついたばかりの煙草《たばこ》の痕《あと》を、あいつも見ている。チサ子だけの口を封《ふう》じても、まだ——。

思った、その時だった。

「あなたもですよ、相川さん」

その声は、すぐ耳元で囁《ささや》かれたように、相川の心臓《しんぞう》を鷲《わし》づかみにした。咄嗟《とっさ》に声が出なくなる。

「あの書き置きは、お母さんの言う通り、さゆりちゃんのSOSだった。自分の身の危険《きけん》を、無意識《むいしき》にでも感じていたんじゃないですか。——そう考えた時に、思い当たりました。

ひょっとして、さゆりちゃんが死んだのはあの山の橋ではなく、この学校だったんじゃないかって」

「そんなバカな」

ほとんど叫《さけ》ぶような声になったことに気付いたが、止められなかった。胸《むね》の鼓動《こどう》が早鐘《はやがね》を打つように肉薄《にくはく》して感じられると同時に、言葉が止まらずに溢《あふ》れ出《だ》す。

「チサちゃん、さっきから話がいろいろ飛び過《す》ぎて、俺《おれ》、正直ついていけないよ。花子さんの話と、さゆりちゃんの不幸と。唐突《とうとつ》で関連性《かんれんせい》がない。何が言いたいわけ？」

「ルミノール反応《はんのう》、でしたっけ。それを警察《けいさつ》に調べてもらうには、どうしたらいいんでしょうね。きっと、何か証拠《しょうこ》を示《しめ》せば、すぐにやってくれると思うんですけど」

チサ子が微笑《ほほえ》み、相川はぞっとする。

「さゆりちゃんは、ここで死んだんじゃないですか。橋から落ちて頭を岩にぶつけたわけではなく、例えば、学校の校舎《こうしゃ》にだって転落することで命にかかわる場所がある。この階《かい》段《だん》から落ちて」

こつり。

それまで上に行くだけだった靴音《くつおと》が、止まって、静かに一段《だん》下りる。

「その」

彼女《かのじょ》が階段《かいだん》から下の踊《おど》り場《ば》を指差したのが、見なくてもわかった。

「踊《おど》り場《ば》の床《ゆか》に、頭をぶつけたのだとしたら。あの傷《きず》は、そうしてできたものだとしたら。さゆりちゃんが、突《つ》き落《お》とされたのだとしたら」

「チサちゃんさ」

赤黒い血が、意思を持った生き物のように小さな頭を起点に溢《あふ》れていく。階段《かいだん》の端《はし》のすべり止めのゴム。そこまで流れてせき止められ、だけど、溜《た》まった場所から順に重たそうに下に流れ落ちていく。一段《だん》、一段《だん》。ゆっくりと。スローモーションのように。その光景が、今、目の前にあるきれいなクリーム色の踊《おど》り場《ば》の床《ゆか》と重なる。

含《ふく》み笑《わら》いを、引《ひ》き攣《つ》った顔に浮《う》かべてみせる。だけど、そこから先の言葉が続かなかった。

「さゆりちゃんはここで殺されたんです」

チサ子が言った。

「そして、あの橋まで運ばれた」

「君はまるで見てきたように言うね」

「見てましたよ。全部、ここから」

言いながら、チサ子が相川の前に姿《すがた》を現《あらわ》す。両腕《りょううで》をだらりと力なくさげた、涼《すず》しい立《た》ち姿《すがた》。

喉《のど》の奥《おく》で萎縮《いしゅく》した自分の声が凍《こお》りついたのが自覚できた、まさにその瞬間《しゅんかん》だった。

ムー、ムー、ムー、という、押《お》し殺《ころ》したような低い音を背後《はいご》に聞く。ズボンの後ろポケットから伝わる微《かす》かな振動《しんどう》。マナーモードにした携帯《けいたい》電話を、慌《あわ》てて取り出す。

発信者の名前が表示《ひょうじ》されるボディのウインドウを確認《かくにん》する。そこで、相川は悲鳴を上げかけた。そうできなかったのは、驚《おどろ》きが声に勝ち、大きく口を開けたまま息を呑《の》んでしまったためだ。

『小谷チサ子』

鳴り続ける携帯《けいたい》の画面に、その名前が表示《ひょうじ》されていた。ムームームー。こもったような音は続いていた。ディスプレイから溢《あふ》れる文字表示《ひょうじ》の明かり。着信を告げる赤いランプの点滅《てんめつ》。強張《こわば》った手が動かなくなる。

――どうしました。

声がして、はっと目の前の現実《げんじつ》に引《ひ》き戻《もど》される。見上げる階段《かいだん》の踊《おど》り場《ば》に彼女《かのじょ》が立ち続けていた。

細い手足。内側から発光しているように、太陽を受けた顔がそこだけ生首のように白く浮《う》かび上《あ》がって見える。大きな黒い目が、相川をじっと見下ろしていた。

さっきまで口紅《くちべに》も何もつけている形跡《けいせき》がなかった唇《くちびる》が、今は嘘《うそ》のように赤く艶《つや》やかだ。

「どうしました？　電話ですか、相川さん」

『小谷チサ子』

陽光の中に埃《ほこり》を浮《う》かべた空気に、その名前が散る。振動《しんどう》がまだ続いていた。彼女《かのじょ》が一歩、階段《かいだん》を下りる。短く息を呑《の》み、一歩後ろに足を退《ひ》こうとして、だけどその場を動けないことを知る。

「チサちゃん」

やっとのことで、どうにか口を開いた。

「今日、携帯電話《けいたいでんわ》は」

「ああ」

夢《ゆめ》の中にいるように、ぼんやりとチサ子が呟《つぶや》く。自分の右手と左手を技巧《ぎこう》がかった仕草《しぐさ》で大儀《たいぎ》そうに広げ、空っぽの手のひらを見つめながら首を振《ふ》った。

「家に、忘《わす》れちゃいました」

「ここにかけてきた電話は、どうしたの」

「ああ」

同じ口調で、また首を振《ふ》る。

「別の電話からかけました」

相川の電話の振動《しんどう》が止《や》み、視界《しかい》から『小谷チサ子』の名前が消える。踊《おど》り場《ば》のチサ子が、くすくす笑いながら、小さく回った。

「忘《わす》れちゃいました。携帯電話《けいたいでんわ》」

薄《うす》いシャツ一枚《いちまい》と、短いパンツ。ポケットが膨《ふく》らんでいるかいないか。わからない。膨《ふく》らんでいるような気もする。低周波のようなキーンという高い音。電気の通うジー、という、蟬《せみ》の低い鳴き声のような音がしている。確認《かくにん》しようとする。けれど、それが自分の耳鳴りなのか、本当の蟬《せみ》の声なのか。わからなかった。

鍵《かぎ》をきちんとかけた。

思い出す。今ならもう、確《たし》かに思い出せる。

今日、学校に着いてすぐ、相川は確《たし》かに玄関《げんかん》の鍵《かぎ》を内側からかけた。チサ子が訪《たず》ねてきたあの時に、開いていたはずがない。鍵《かぎ》を持つのは、日直の担当《たんとう》だけだ。

モロゾフのチーズケーキの白い箱。

電話があってから、やってくるまでの時間。高島屋とここまでの距離《きょり》。あれは、電話があってから、今到着《とうちゃく》する、それぐらいの時間がかかるんじゃないのか。

白い箱。保冷剤《ほれいざい》を外して、相川に示《しめ》す。

食べましょうよ。今すぐに。

冷やしてから、と断《ことわ》ると残念そうな顔をして、箱を冷蔵庫《れいぞうこ》にしまう。花子さんの七不思議。花子さんが――。

脈絡《みゃくらく》なく、だけど頭の中で一つの言葉が弾《はじ》き出《だ》される。

――花子さんが「箱」をくれると言っても、もらってはならない。

「先輩《せんぱい》、どうしました？」

声が出ない。

まっすぐ、射貫《いぬ》くような強い目線で自分を見つめるチサ子の前から、金縛《かなしば》りにあったように動けなかった。

「音楽室、行きましょうよ」

一階に引き返したい衝動《しょうどう》に駆《か》られる。登ってきた階段《かいだん》を振《ふ》り返《かえ》った相川を、強い声が呼《よ》び止《と》めた。

「私《わたし》があげた飴《あめ》！」

それまでの調子とまるで違《ちが》う、腹《はら》の奥深《おくふか》くから出されたような有無《うむ》を言わせぬ声だった。

威圧《いあつ》感のある、静かな怒《いか》りに震《ふる》えるような声。ぴしゃりと飛んで、自由を奪《うば》う。

「もう、食べました？」

抑揚《よくよう》のない声。蔑《さげす》むように冷たい目線で、彼女《かのじょ》が言う。じー、と静かな、蟬《せみ》のような声がまだ続いていた。

頭の中が、瞬間《しゅんかん》、真っ白になる。

飴《あめ》。

飴《あめ》、舐《な》めますか？

ありがとう。

返事をしたことを覚えている。口の中がカラカラになる。乾燥《かんそう》した頰《ほお》の内側。そこが、甘《あま》ったるい気がしないか。思うと同時に、全身がどっと汗《あせ》をかく。

わからなかった。思い出せなかった。自分がそれを口にしたのかどうか。どれだけ考えても、思い出せなかった。

——花子さんのくれる食べ物や飲み物を口にすると呪《のろ》われる。

「一階の階段《かいだん》まで下りても」

コツリ。

また、一歩、チサ子の足が下りる。

「また、三階まで戻《もど》される。階段《かいだん》に閉《と》じ込《こ》められる。花子さんの呪《のろ》いは、無限階段《むげんかいだん》の刑《けい》です」

飴《あめ》、食べました？

彼女《かのじょ》がもう一度聞いた。

「おいしかったですか」

「まだだ」

はっと思い出し、痙攣《けいれん》するように背《せ》を伸《の》ばして胸《むね》ポケットを叩《たた》く。安堵《あんど》して、足元から先が崩《くず》れていきそうになった。硬《かた》い手触《てざわ》りと小さな膨《ふく》らみが、確《たし》かに指にあたる。吐息《といき》のような声が漏《も》れた。

食べていない。まだ。

チサ子が静かに、双眸《そうぼう》を歪《ゆが》めた。つまらなそうに、細く閉《と》じた目を相川に向ける。

「そうですか」と。

「それは、良かった」

「階段《かいだん》」

「はい?」

「こんなに、暗かったか」

窓《まど》から、昼間の光が確《たし》かに差《さ》し込《こ》んでいる。だけど、さっきまでと明るさの質《しつ》が違《ちが》う。視界《しかい》が暗く感じられる。まだ、夜までは随分《ずいぶん》間がある。だけど、ふと、嫌《いや》な言葉を思い出す。——逢魔《おうま》が時《とき》。

行きましょう、と彼女《かのじょ》が言った。

「最後まで付き合ってください。音楽室に、忘《わす》れ物《もの》をしたんです」

くるりと踵《きびす》を返し、再《ふたた》び階段《かいだん》を登り始める。その後《うし》ろ姿《すがた》を見つめながら、相川は胸《むね》ポケットを握《にぎ》る手に力を込《こ》めた。その指の震《ふる》えを、もうはっきりと止められなくなっていた。

心臓《しんぞう》の上に載《の》る、飴《あめ》の感触《かんしょく》。

花子さんは——。

花子さんは、学校のことならば、何でも知っている。

——見てましたよ、全部。ここから。

唾《つば》を飲《の》み込《こ》むと、その感覚が重たい。汗《あせ》が止まらなかった。すぐにも引き返したいのに、目の前の『チサ子』の背中《せなか》がそれを許《ゆる》さなかった。

震《ふる》える指で、携帯《けいたい》電話の着信履歴《りれき》を呼《よ》び出《だ》す。『小谷チサ子』。

相手は、出なかった。

冷静になれ、と自分に言い聞かせる。手の中に握《にぎ》り締《し》めた指《さ》し棒《ぼう》は、もう汗《あせ》に濡《ぬ》れて滑《すべ》り落《お》ちそうだ。

だって、こんなことがあるわけがない。チサ子の携帯《けいたい》。彼女《かのじょ》はきっと誰《だれ》かに頼《たの》むか何かして、それで――。


「何してるんですか」

『チサ子』が階段《かいだん》の上から呼《よ》ぶ。恐《おそ》ろしく冷たい目が相川を見下ろしていた。

「私《わたし》は、ここですよ」

（五）

何故《なぜ》かを考えた。

何故《なぜ》、今、「花子さん」が相川の前に現《あらわ》れなければならないのか。怪談話《かいだんばなし》では、確《たし》か小さな子どもの姿《すがた》をしているはずだ。

バカげてる。

笑い出しそうになる。だけど、笑い飛ばしてしまうことまではできなかった。必然性《ひつぜんせい》もなければ、目的もわからない。

すぐにでも問いただしたい衝動《しょうどう》に駆《か》られる。しかし、それをやってもいいものなのか。何しろ彼女《かのじょ》は、一度たりとも核心《かくしん》をつかないのだ。連れて行かれる音楽室に何が待つのか。そこに——、自分は行ってはならないのではないか。

「音楽室には、手紙だけを忘《わす》れたの？」

先を歩く彼女《かのじょ》に尋《たず》ねる。

階段《かいだん》が終わる。

三階に辿《たど》り着《つ》いたチサ子が相川を見つめた。もう一歩たりとも、彼女《かのじょ》と距離《きょり》を詰《つ》めたくなかった。彼女《かのじょ》の白い肌《はだ》の表面から冷気が発しているのが見えるようだった。摑《つか》んだら火傷《やけど》する、ドライアイスのような白い冷気。

「さっきの話は冗談《じょうだん》じゃないよ。手紙は、もう、子どもたちにとっくに見つかっているかもしれない」

「――中に入れたから、大丈夫《だいじょうぶ》だと思います。そのまま、あることを祈《いの》ります」

「中に？」

箱、という言葉を思い出した。思った瞬間《しゅんかん》にまた、ぎくりと背筋《せすじ》が伸《の》びる。

花子さんの箱。

「手紙、中に入れました」

それきり、顔をふいっと前に向けてしまう。相川を置いて、音楽室へと歩いていく。ドアの前で足を止め、振《ふ》り返《かえ》った。手をかざして言う。

開けてください。

「手紙は、音楽準備室《じゅんびしつ》の棚《たな》の上です」

「――わかった」

チサ子の小柄《こがら》な身体が、果たしてそこまで届《とど》くだろうか。

取ってください、そう、自分に命じるところが簡単《かんたん》に想像《そうぞう》できた。喉《のど》が絞《し》め上げられる思いがする。それに手を伸《の》ばし、触《ふ》れることは果たして「もらう」ことになるのか。

――花子さんが「箱」をくれると言っても、もらってはならない。

鍵《かぎ》を開ける。

汗《あせ》ばんだ手に鍵《かぎ》の、金属《きんぞく》の臭《にお》いが染《し》み込《こ》んでいくのがわかる。ぎこちなく、不器用にまわす。カチャリという音が廊下《ろうか》に響《ひび》いた。ドアを開ける。

「ありがとうございます」

ドアの前に立つ相川の横を、チサ子が通《とお》り過《す》ぎる。目を伏《ふ》せた。中の光景を見まい、と心に誓《ちか》う。彼女《かのじょ》が箱を取ってくれと言っても、絶対《ぜったい》に引き受けない。何も見ない。彼女《かのじょ》の箱は、もらわない。

それは、とてもバカげた、非現実的《ひげんじつてき》な考えだ。だけど、だからこそ、「もらわない」ことぐらい、してもいいだろう？

チサ子が棚《たな》の前に立つ気配があった。相川のことは呼《よ》ばない。黙《だま》ったまま、予《あらかじ》め決まっていたかのように、手際《てぎわ》よく部屋の隅《すみ》にある椅子《いす》を持ってくる。それを台にして、手を伸《の》ばした。

その時間が、とても長く感じられた。やがて、彼女《かのじょ》が言った。

「ありました」

その声に、相川は顔を上げてしまった。思わずそうしてしまった後で、慌《あわ》ててまた俯《うつむ》き直す。と、視界《しかい》が何かを見た。はっとして再《ふたた》び顔を上げる。

黄色。

一瞬《いっしゅん》、感電死——こじつけられた子どもの発案が頭を掠《かす》め、だけど、次の瞬間《しゅんかん》に拍子《ひょうし》抜《ぬ》けした。肩《かた》から力が抜《ぬ》け、ようやくほっと息をする。

「何だ、それ」と呟《つぶや》いた。

「手紙は？」

「ありますよ。ここに挟《はさ》んだんです。良かった、無事に見つかりました」

黄色い本の分厚《ぶあつ》いページの間から、チサ子が折《お》り畳《たた》まれた手紙らしき紙片《しへん》を取り出す。

本のタイトルは、『モモ』とあった。

チサ子が本の中に手紙を戻《もど》す。

（六）

音楽室のドアを閉《と》じ、階段《かいだん》まで戻《もど》る間、チサ子も相川も一言も口を利《き》かなかった。肝心《かんじん》な部分だけには絶対《ぜったい》に触《ふ》れないという、不文律《ふぶんりつ》。先にこらえきれなくなったのは、やはり相川の方だった。

「――どうして、こんなことをするんだ」

声に、チサ子が顔を上げた。本を片手《かたて》に、間髪《かんはつ》を容《い》れずに尋《たず》ね返《かえ》す。

「こんなこと、とは？」

「怖《こわ》がらせたいのか？　花子さんのふりだよ」

「ふり？」

首を傾《かし》げるその様子に、彼女《かのじょ》のいつもの快活《かいかつ》さはなかった。緩慢《かんまん》な仕草を演《えん》じる態度《たいど》に、頭に血が上る。

「そうですか」

「何のつもりなんだ？　お前、今日は変だぞ」

「そうですか、じゃないだろう。はぐらかすなよ」

声を荒《あら》らげる。チサ子が笑った。かわすように、軽《かろ》やかな声で。

「相川さん、どうしたんですか。おかしいですよ」

「青井さゆりから何を聞いたか知らない。だけど、それは言いがかりだ」

チサ子が笑うのをピタリとやめた。

「言いがかりですか」

落ち着いた声が言った。

「さゆりちゃんからは、何も聞いていません。さっき言った通りです」

「やめにしないか、もうそういうの。何か証拠《しょうこ》があるのか？　鎌《かま》をかけるのも、大概《たいがい》にしろよ」

声が怒《いか》りにわなないていく。

何もなかったはずだ。青井さゆりは従順《じゅうじゅん》だった。嫌《きら》われまい、嫌《きら》われまいとして、縋《すが》るように必死な目で相川を見ていた。声も上げず、背中《せなか》を丸めて。

「何が花子さんだよ。俺《おれ》には、幽霊《ゆうれい》に遭《あ》わなきゃならない謂《いわ》れなんかない。しかも、それがお前の姿《すがた》だなんて、自分でもナンセンスだと思わないか。何の必然性《ひつぜんせい》もない。そんなルール、七不思議の中にだってないだろう？」

「ねぇ、先輩《せんぱい》」

チサ子が言った。恐《おそ》ろしく、静かで透明《とうめい》感に満ちた、電子音のような声だった。本当に、彼女《かのじょ》のものではないような。

それが喉《のど》から出たものと、一瞬《いっしゅん》、本当にわからなかった。

彼女《かのじょ》が笑った。艶《つや》やかに赤い唇《くちびる》を左右に吊《つ》り上《あ》げ、目が半月形に笑う。電子音のような声が、さらにさらに幼《おさな》く、変化していく。

日が傾《かたむ》いた。廊下《ろうか》が暗く、雲に覆《おお》われるように色を失う。ぞっと、鳥肌《とりはだ》が立った。

「さゆりちゃんは私《わたし》にこれをくれたの」

手にした本を掲《かか》げて見せる。

声は、完全に少女のようだった。どこから声が出ているのかわからない。

「私《わたし》の欲《ほ》しいものを、くれた。何か、してあげなきゃならなかったのに、それを聞く前に、いなくなっちゃった。私《わたし》、見たのよ」

首を大きくがくんと振《ふ》って、踊《おど》り場《ば》を示《しめ》す。つられて顔を向けた相川に、『彼女《かのじょ》』が言った。

「さゆりちゃんは逃《に》げていた。相川英樹先生から、必死になって、逃《に》げて」

「うるさい！」

「ここから突《つ》き落《お》とされて、そして死んだのよ！」

「やめろ！」

叫《さけ》んで、『彼女《かのじょ》』に詰《つ》め寄《よ》る。彼女《かのじょ》は動かなかった。よけもしなかった。相川に身体を摑《つか》まれたまま、されるがままに揺《ゆ》れる。けれど、その顔はまだ笑っていた。

――ねぇ、先生。

先輩《せんぱい》とも、相川さんとも、もう呼《よ》ばない。彼女《かのじょ》の口から、笑い声がゲラゲラと尾《お》を引いて流れ出す。

「花子さんなんて関係ない？　本当に？　呼《よ》び出《だ》したことなんかない？」

頬《ほお》がひくりと震《ふる》える。彼女《かのじょ》の声がヒステリックに高くなっていく。「私《わたし》の不思議、先生、間違《まちが》ってるわ」と。

彼女《かのじょ》の首を揺《ゆ》らす手が止まる。咳《せ》き込《こ》むように激《はげ》しい笑い声が、耳障《みみざわ》りに続いていた。

「花子さんに会いたければ、花子さんの棲《す》む階段《かいだん》を、心の底から一生懸命掃除《いっしょうけんめいそうじ》すること」

彼女《かのじょ》の白く濁《にご》った目が見開かれて、相川を嘲笑《あざわら》うように見つめる。

「だから、私《わたし》が来た」

彼女《かのじょ》が言った。

「ただ、掃除《そうじ》するだけじゃダメなのよ。知ってる？　心の底から、一生懸命《いっしょうけんめい》に、切実に、逃《に》げ場《ば》のない気持ちできれいに掃除《そうじ》した人のところにだけ、私《わたし》は現《あらわ》れる。一人で俯《うつむ》いて、毎日、先生に怯《おび》えながらここを拭《ふ》いていた青井さゆりちゃんのところにも、あなたのところにも」

相川は目を見開いた。彼女《かのじょ》の首を摑《つか》んだ手の力が緩《ゆる》む。

「あなたは、きれいにしてくれた」

支《ささ》えられる力を失って、彼女《かのじょ》がよろけながら相川を見つめた。乱《みだ》れた髪《かみ》の間から哀《あわ》れむような目線がこちらに注がれる。相川は答えられなかった。肌《はだ》が粟立《あわだ》ち、気持ちが戦慄《せんりつ》する。

「さゆりちゃんの血が流れた床《ゆか》を、元通り、きれいになるように何度も何度もこすって磨《みが》いた。切実に、心の底から、一生懸命《いっしょうけんめい》」

「そんなつもりじゃ……」

息を呑《の》み込《こ》み、頭を抱《かか》える。手に持っていた金属《きんぞく》の指《さ》し棒《ぼう》が転がり、かつん、かつん、と音を立てながら階段《かいだん》を落ちていく。その下の、踊《おど》り場《ば》を見た。

流れ出た、赤黒い血。長い悲鳴が耳に蘇《よみがえ》る。そんなつもりじゃなかった。初めから、そんなつもりじゃなかった。

床《ゆか》に手をつき、階段《かいだん》を見ると残像《ざんぞう》が重なるようだった。後ろ向きに落ちていく身体。しかし、これは捏造《ねつぞう》された後付けの記憶《きおく》に過《す》ぎない。そんなものは見なかった。すべては一《いっ》瞬《しゅん》で、瞬《まばた》きするほどの時間しかなかった。気が付くと、見下ろした踊《おど》り場《ば》に、すでに彼女《かのじょ》が横たわっていた。激《はげ》しく痙攣《けいれん》し、左右に身体が揺《ゆ》れ、それから、呆気《あっけ》ないほどの唐突《とうとつ》さでその震《ふる》えがやむ。それを見ただけだ。

「ありがとう」という声が、背後《はいご》から聞こえた。

胸《むね》の鼓動《こどう》がどくりと跳《は》ね上《あ》がる。振《ふ》り返《かえ》ると、『彼女《かのじょ》』が青ざめた顔に冴《さ》え冴《ざ》えとした笑《え》みを浮《う》かべて立っていた。その顔が徐々《じょじょ》に相川の顔を見上げていく。

ひっと、短い声が、相川の喉《のど》から洩《も》れた。

目の前で自分を見つめる彼女《かのじょ》の顔が、どこかあの日の青井さゆりと似《に》ていた。少女のような高い声が告げる。

「きれいにしてくれて。――あたしが聞いたの覚えてる？」

花子さんの質問《しつもん》に
「あたし、あなたに聞いた。『さゆりちゃん、どうしてあんなことになっちゃったんでしょう』。あなたは答えた。『わからないけど』」

どくどくと、胸《むね》が打つ音がすぐ近くに聞こえる。

――嘘《うそ》を吐《つ》くと呪《のろ》われる。

「本当に、そうならいいの。本当にわからないなら。あれが嘘《うそ》でないのなら。だけど、もし、知ってたら」

ふふ、ふふふふ、鼻と口から大きく息を洩《も》らす。なりふり構《かま》うことなく、彼女《かのじょ》の顔が醜《みにく》く歪《ゆが》んでいく。

ねぇ、ねぇ、ねぇ、ねぇ。

ねぇ、先生。ねぇ。

花子さんの与《あた》える罰《ばつ》は、無限階段《むげんかいだん》。

膝《ひざ》から力が抜《ぬ》ける。

状況《じょうきょう》に認識《にんしき》が追いついた。彼女《かのじょ》が言った。知っていると。見ていたと。ここで、すべてを――。

「事故《じこ》、……だっただろう？」

相川の喉《のど》の奥《おく》から、呟《つぶや》きが洩《も》れた。ひどい声だった。我《われ》ながら、上ずって高い、ひどい声だった。一つ声を吐《は》き出《だ》すと、一気に止まらなくなった。だってあれは事故《じこ》だった。

彼女《かのじょ》の笑い声がやんでいた。気心の知れない、張《は》りついたような笑《え》みを浮《う》かべるだけ。

無感動に、相川を見つめている。「なぁ」彼女《かのじょ》に詰《つ》め寄《よ》り、腕《うで》を取る。恐《おそ》ろしく冷たく感じられる。悲鳴を上げそうになる。

縋《すが》るように呼《よ》びかけた。

「知ってるなら、見てたならわかるだろう？　あれは事故《じこ》だった。話を――、話をしようとしただけなんだ。さゆりは勝手に落ちたんだ」

怯《おび》えたように自分を見上げる、青井さゆり。

苛立《いらだ》ちに任《まか》せて、最初に彼女《かのじょ》の腹《はら》を蹴《け》った時にすっと気分が晴れたこと。膨《ふく》らみなどほとんどない胸《むね》や尻《しり》を揉《も》むと、低く声を上げた。ぎゅっと目を閉《と》じ、相川の手にされるがまま――。あれは虐待《ぎゃくたい》なんかじゃない。さゆりだって、自分にそうされることを心のどこかでは喜んでいたはずだ。だからこそ、受け入れた。

あの日、何故《なぜ》、急に逃《に》げ出《だ》したのか。そっちの方が、相川にはわからない。走るさゆりの足が縺《もつ》れ、そして――。

「俺《おれ》の、せいじゃない」

黙《だま》ったまま、『彼女《かのじょ》』は答えない。ふいに、彼女《かのじょ》の顔と右手が相川の腕《うで》の中に沈《しず》んだ。

完全に表情《ひょうじょう》が見えなくなった一瞬《いっしゅん》の後に、その肩《かた》が微《かす》かに震《ふる》え始める。最初は、本当に微《かす》かに。やがて、発作《ほっさ》でも起こすように大きく。

何事か。慌《あわ》てて顔を覗《のぞ》きこんだ相川は、そこで言葉を失った。

彼女《かのじょ》の額《ひたい》の上に、赤い線が引かれていた。まるで、歪《ゆが》んだ傷跡《きずあと》が浮《う》き出《で》てきたかのように。彼女《かのじょ》の唇《くちびる》のように、真っ赤ではっきりとした、一本の線。

彼女《かのじょ》は笑っていた。

目を大きく見開き、瞬《まばた》き一つせずに、天井《てんじょう》を振《ふ》り仰《あお》いで、笑い出していた。肩《かた》の震《ふる》えに比例《ひれい》して、大きく階段《かいだん》に降《ふ》り注《そそ》ぐように声が広がっていく。空気が螺旋状《らせんじょう》に渦《うず》を巻《ま》くのが見えるような、甲高《かんだか》い、歌うような声だった。

あはははははは、あははははははははははははははははは。

息継《いきつ》ぎ一つせずに狂《くる》ったように笑う。見開いた目の焦点《しょうてん》が合っていないことを見て取って、相川は乱暴《らんぼう》にその顔を揺《ゆ》り動《うご》かし、叫《さけ》んだ。額《ひたい》に見える傷跡《きずあと》が、恐《おそ》ろしかった。

――嘘《うそ》を吐《つ》くと呪《のろ》われる。

この声は、届《とど》いているのか。もう、後には退《ひ》けなかった。

「知ってる。質問《しつもん》の答えを変える。どうしてあんなことになったか、知ってる。青井さゆりは、ここで、俺《おれ》といて、そして落ちた。――聞けよ！　頼《たの》むから、聞いてくれよ」

腕《うで》の中の女が恐《おそ》ろしかった。単調に声を吐《は》き出《だ》す機械のように、相川の声がもう届《とど》かない。

頭が動き、髪《かみ》の毛《け》のざらついた感触《かんしょく》が腕《うで》に触《ふ》れる。ぎゃっと叫《さけ》んで、相川は彼女《かのじょ》を突《つ》き飛《と》ばした。衝撃《しょうげき》とともに、彼女《かのじょ》の身体が床《ゆか》に崩《くず》れ落《お》ちる。それでもなお、声はやまなかった。白い首をこちらに見せながら、彼女《かのじょ》の手足がバタバタと動き、身体を回して、ぎょろりと剝《む》かれた目が、まだ相川を捜《さが》して動いていた。

彼女《かのじょ》が言った。床《ゆか》から、相川を見上げたまま。ああ。

ああ。言っちゃった。

無限階段《むげんかいだん》。

目を閉《と》じ、首を振《ふ》る。

無人の校舎《こうしゃ》に、自分の悲鳴と、女の笑い声が反響《はんきょう》する。笑い声は、最早《もはや》ガラスを引っかくような擦《す》り切《き》れた音になりつつある。

相川は階段《かいだん》を駆《か》け下《お》りた。

頭をかきむしる。

二階に下り、踊《おど》り場《ば》を通り、一階に繋《つな》がる最後の階段《かいだん》の前に出る。彼女《かのじょ》の笑い声は、もうかなり離《はな》れた。目を、きつく閉《と》じた。

「わぁぁぁぁぁぁぁぁぁぁぁぁ……!」

叫《さけ》びながら、一気に最後の一段《だん》を駆《か》け下《お》りる。

頭上から降《ふ》り注《そそ》ぐ笑い声。あははははは、あはははは。その声が、耳に遠くなり——。

目を開ける。呆然《ぼうぜん》と、目を開ける。

相川は息を止めた。

微《かす》かに聞こえていた、蟬《せみ》が押《お》し殺《ころ》して鳴くようなじーっという音がやみ、代わりに上から、銃弾《じゅうだん》を装塡《そうてん》する時のようなカチリという音が響《ひび》いた。ひどく機械的な、乾《かわ》いた音が。

もう一度、声が聞こえた。もう、笑っていない。

あーあ、先輩《せんぱい》。言っちゃった。

正面に、階段《かいだん》。

ピアノ室の怪《かい》

近《こん》藤《どう》史《ふみ》恵《え》

近藤史恵

朝の満員電車は、想像《そうぞう》を遥《はる》かに超《こ》えた混雑《こんざつ》だった。

秋月真矢《あきづきまや》はあらゆる方向からの圧力《あつりょく》に耐《た》えながら、足を踏《ふ》ん張《ば》った。前の人のリュックに圧迫《あっぱく》されて、身体は完全に斜《なな》めになっている。斜《なな》めになっていても立っていられることがすごい、などと、どこか冷静に考える。

自宅《じたく》から一時間もかけて、大阪《おおさか》の中心部、心斎橋《しんさいばし》にある高校に通うことになるなんて二ケ月《かげつ》前までは考えていなかった。

心斎橋《しんさいばし》なんて、繁華街《はんかがい》の真ん中だ。お休みの日に、家族と遊びに行くところであって、通学するような場所ではないとずっと思っていた。

だが、心斎橋《しんさいばし》から歩いてすぐのところに、その高校はあるのだ。

凰西《おうせい》学園高等部。明治時代から百二十年もの歴史のある女子校だ。凰西に進学することになったと言うと、親戚《しんせき》も友達もみんなこう言った。

「えっ、真矢ってピアノかバレエかやってたの？」

凰西学園は音楽教育で有名な私立《しりつ》なのだ。偏差値《へんさち》はそれほど高いわけではないが、併設《へいせつ》の音楽大学があるのと、高校から音楽科とバレエ科があるのは珍《めずら》しく、多くのピアニストやバレリーナを生んでいるらしい。

真矢はといえば、中学の合唱コンクールでは口パクで押《お》し通《とお》した。いや、口パクをクラスメイトと教師《きょうし》から強要されたといえば、レベルがわかるだろう。音痴《おんち》というよりも、リズム感が異様《いよう》に悪く、口パクだったのに、指揮《しき》の子から「合ってないんだけど」と指摘《してき》されたというレベルだ。

できることならば、音楽になど関わらずに一生を送りたいと思っていた。

「いや、音楽科じゃなくて、普通科《ふつうか》なのよ」

そう言うと、みんな驚《おどろ》く。

「凰西に普通科《ふつうか》なんてあったの？」と。

そう、音楽科が一クラス、バレエ科が一クラスの他に、普通科《ふつうか》が一クラスある。凰西の附属《ふぞく》中学から進学した生徒の中で、いろんな事情《じじょう》で音楽の道をあきらめて、外部受験《じゅけん》も難《むずか》しい生徒たちがそこに通うことになるらしい。

どう考えても、明るく楽しい学園生活という感じはしない。しかも、多くの生徒が中学から進学するということは、高校一年の新学期なのに転入生のような状態《じょうたい》になってしまう。真矢は、ただでさえ人見知りで、友達を作るのに時間がかかる。考えただけで憂鬱《ゆううつ》だ。

真矢の人生は、今年一月から不運続きだ。

まず、一月に足を骨折《こっせつ》して入院してしまった。落ち着いて勉強ができず、松葉杖《まつばづえ》をついて受けに行った私立《しりつ》高校の受験《じゅけん》には失敗した。おまけに公立高校の受験《じゅけん》の日にインフルエンザで倒《たお》れた。

仕方なく、私立《しりつ》高校の第二次募集《ぼしゅう》に望みをかけることになった。偏差値《へんさち》から言えば、他の高校も選べたのだが、両親が断固《だんこ》として譲《ゆず》らず、凰西学園を受験《じゅけん》することになったのだ。

両親が凰西に行かせたがった理由はわかる。

真矢の両親は学習塾《がくしゅうじゅく》を経営《けいえい》していて、成績《せいせき》上位の高校に多くの塾生《じゅくせい》を合格《ごうかく》させてきている。娘《むすめ》が、偏差値《へんさち》の低い高校に行くなんて外聞も悪いし、我慢《がまん》できなかったのだろう。

凰西は音楽科は有名だから、学校名としては格好《かっこう》がつく。

真矢としては、もっと普通《ふつう》の高校に行きたいと抵抗《ていこう》してみたが、学費を出すのは両親だ。押《お》し切《き》られて、凰西学園を受けた。

すでに満員電車で心は折れてしまいそうだ。こんな混雑《こんざつ》の中を毎日通学するなんて気が遠くなる。

駅に到着《とうちゃく》しても降《お》りられないのではないかと思っていたが、心斎橋《しんさいばし》に到着《とうちゃく》すると多くの人が降《お》りていった。まるで電車からぺっと吐《は》き出《だ》されるように、真矢は転げ出た。

もうここで、一日の体力をほとんど使ってしまって、ベンチに座《すわ》り込《こ》みたい気分だったが、始業式から遅刻《ちこく》するわけにはいかない。

力を振《ふ》り絞《しぼ》って、学校に向かう。

駅には、すでに同じ制服《せいふく》を着た女の子たちが何人も歩いていた。真矢も彼女《かのじょ》らと同じ方向に進む。

もちろん顔見知りは誰《だれ》もいない。小学校から中学校に進学したときとは違《ちが》うのだ。

女の子同士のべたべたした関係はあまり好きではないと思っていたし、親友と呼《よ》べるような子はこれまでいなかった。昨日までは、ひとりでも大丈夫《だいじょうぶ》だと思っていたのに、なぜか今、どうしようもなく心細い。

駅の階段《かいだん》に近づいたとき、ホームのベンチに同じ制服《せいふく》を着た女の子が座《すわ》り込《こ》んでいるのが見えた。顔色が悪い。

顔を見て気づいた。二次募《ぼ》集《しゅう》の受験《じゅけん》会場にいた女の子だ。

真矢の前で試験《しけん》を受けていた。何度もシャープペンシルや消しゴムを落としては、試験《しけん》監督《かんとく》の先生に、あきれられていた。

放っておいてもいいが、青い顔をしているのが気に掛《か》かる。満員電車で同じように気分が悪くなったのだろうか。

重たいほど厚《あつ》い前髪《まえがみ》と、背中《せなか》の中ほどまで伸《の》ばした髪《かみ》、下を向いているせいもあって、ひどく陰鬱《いんうつ》な表情《ひょうじょう》に見える。

気にはなるが、もうそろそろ急がねばならない。真矢は早足で、前を通《とお》り過《す》ぎた。

学校があるのは繁華街《はんかがい》から少し離《はな》れた静かなエリアだった。オフィスや古い雑居《ざっきょ》ビル、小さな中華《ちゅうか》料理店などが並《なら》んでいる。そこに、凰西学園はあった。たぶん知らない人は学校だと思わないだろう。運動場もなく、三階建ての古い洋風建築《けんちく》があるだけだ。体育の授業《じゅぎょう》は、体育ホールでダンスや器械体操《きかいたいそう》をするか、近くの公園でランニングをするのだと聞いた。あとは、地下に温水プールもあるらしい。受験《じゅけん》できたとき、トイレも利用したが、きれいに改装《かいそう》されていた。明治時代の建物だというから心配していたが、トイレも洋式だったし、なにより清潔《せいけつ》だった。

入学式は、この近くにある商業ホールを貸《か》し切《き》って行われた。これまで公立育ちだった真矢は、その豪華《ごうか》さに驚《おどろ》いた。

プロとして活躍《かつやく》する卒業生がピアノやバイオリンを演奏《えんそう》し、バレエ科の在校生《ざいこうせい》がバレエを披露《ひろう》する。真矢の知っている学校の入学式とは全然違《ちが》う。

参加している保護者《ほごしゃ》の装《よそお》いも華《はな》やかだった。母親たちが着ているスーツは、あきらかに高級品だったし、バッグもシャネルだとかエルメスだとかいう真矢ですら知っている高級ブランドのものだった。

帰り道、真矢の母親がなぜか無口になっていたが、同情《どうじょう》するつもりにはなれなかった。

凰西に行かせたがったのは両親なのだから。

始業式は、学校内にある体育ホールで行われたので、驚《おどろ》くようなことはなかった。ただ、まわりにいる生徒たちがみんな顔見知りらしく、式典の合間に笑い合ったり、きゃあきゃあ騒《さわ》いでいるのを見ると、胸《むね》がぎゅっと痛《いた》くなった。

一年の普通科《ふつうか》は二十八人、そのうち二十一人が附属《ふぞく》中学からの進学で、残りの七人が他の中学からきた子たちだ。

誰《だれ》とも喋《しゃべ》らずにぽつねんとしているのは、真矢も含《ふく》めて四人ほどだ。残りの三人は、まわりの生徒に話しかけたりして、うまく紛《まぎ》れているらしい。

駅で見かけた髪《かみ》の長い女の子の姿《すがた》も見える。どうやら無事に登校できたようだ。

一学年三クラスしかない学校だが、始業式は附属《ふぞく》中学の子たちと一緒《いっしょ》に行うから、集まるとけっこうな人数がいる。バレエ科の生徒たちは、一目でわかるほど、細くて首が長くて姿勢《しせい》がいい。

公立中学とは、なにもかもが違《ちが》いすぎる。なにより、数百人の女の子がホールに集まっていること自体が、公立育ちの真矢にとっては異様《いよう》な風景に見えた。

幼稚園《ようちえん》からずっと、男女半々の世界で生きてきたのに、いきなり女子だけの世界に放《ほう》り込《こ》まれる。

教師《きょうし》は女性《じょせい》の方が多いように見えるが、男性《だんせい》もいる。入学式で壇上《だんじょう》に上がった校長は男《だん》性《せい》だった。

始業式を終えて、教室に向かう。壁《かべ》や廊下《ろうか》などはさすがに古い。階段《かいだん》なども踏《ふ》むたびにぎしぎし音がした。

この先、三年間、この学校に通って、ここで生きていかなくてはならないのだ。そう改めて思う。

やはり、友達は作っておかなくてはならない。人間関係が完全に固定化する前にどこかのグループに割《わ》り込《こ》むか、高校受験《じゅけん》組の子たちと仲良くなるかした方が、学校生活での苦《く》痛《つう》は少ないはずだ。

附属《ふぞく》中学出身の子たちと仲良くした方が、いろいろ教えてもらえて便利だが、やはり話しかけやすいのは同じ高校受験《じゅけん》組の子たちだ。

そんなことを考えながら、階段《かいだん》を上っていたとき、誰《だれ》かが制服《せいふく》の袖《そで》をぎゅっとつかんだ。

振《ふ》り返《かえ》ると、小柄《こがら》な女の子が真矢の袖《そで》をつかんでいる。今朝、ホームで見かけた子だ。目が合った。

彼女《かのじょ》は、真矢を見上げてきょとんとした顔になった。

「あの……なにか」

袖《そで》をつかんだのは、彼女《かのじょ》だし、しかも今もつかんだままだし、この状況《じょうきょう》で顔を見た真矢が自分から口を開かなくてはならないのだろうか。真矢は眉間《みけん》に皺《しわ》を寄《よ》せた。

「袖《そで》、つかんでますよね」

「困《こま》りますか?」

予想外の返事がかえってくる。いやいやいやいやいや、と心でツッコミを入れる。だが、真矢がなにか言う前に、彼女《かのじょ》が懇願《こんがん》するように続けた。

「支障《ししょう》がなければ、このままでお願いします」

いったいなにがなんだかわからない。教室に向かう同じクラスの生徒たちが、不思議そうに真矢たちを見ている。なにか言おうとすると、彼女《かのじょ》がまた口を開いた。

「早く行かないと、先生に怒《おこ》られますよ」

それで怒《おこ》られたら、真矢が悪いのだろうか。納得《なっとく》いかないが、とりあえず急ぐことにする。袖《そで》を握《にぎ》られているだけだから、気にさえしなければ、他に困《こま》ることはない。

教室に行くと、三十代くらいの小柄《こがら》な女の先生が教壇《きょうだん》に立っていた。担任《たんにん》の松永《まつなが》先生だ。国語教師《きょうし》だと聞いた。

「はい、みんな出席番号順に座《すわ》って。一学期の席順は出席番号順にします。高校から入ってきた子たちが名前覚えるの大変だろうからね」

松永先生もすでに生徒たちと顔見知りの様子だった。直接《ちょくせつ》話しかけたり、名前を呼《よ》んだりしている。

真矢は出席番号二番だった。いつもなら、一番なのに珍《めずら》しい。クラス名簿《めいぼ》を見ると、一番は相原花音《あいはらかのん》という子だ。真矢も出席番号一番ばかりだが、この子はもっとだろう。

席に座《すわ》って前を見ると、そこには先ほど、真矢の袖《そで》をつかんできた子がいた。彼女《かのじょ》もちょっと驚《おどろ》いたように真矢を見ている。

「よかった」

相原花音はなぜかそう言って、ふうっと息を吐《は》いた。

なにがよかったのか尋《たず》ねる前に、先生が出席を取り始めた。

始業式のホームルームが終わり、女の子たちは仲良しのグループで集まって帰りはじめる。真矢ももらった連絡事項《れんらくじこう》や保護者《ほごしゃ》に渡《わた》す書類を鞄《かばん》にしまった。

顔を上げると、相原花音がじっと真矢を見ていた。

「えーと……」

変な子だ。挨拶《あいさつ》するでもなく、友達になろうとするでもない。真矢に関心があるのはたしかだろうが、袖《そで》をつかんできたときは、真矢の袖《そで》だけに用があって、真矢自身はどうでもいいと思っているみたいだった。

とりあえず話しかけてみる。変な子でも、誰《だれ》とも友達になれないよりはいいだろう。

「相原さん?」

「なんで知ってるの?」

目を丸くする。なんだかすっとんきょうな子だ。

「ほら、クラス名簿《めいぼ》もらったし、出席番号順に座《すわ》ってるし」

「あ、そっか」

やっと気づいたらしく、クラス名簿《めいぼ》に目を落とす。

「秋月さんっていうんだ。受験《じゅけん》会場にもいたよね」

「あのときも相原さんの後ろだったよ」

ようやく会話らしい会話になってほっとする。花音は首を傾《かし》げて笑った。こうやって見ると可愛《かわい》らしい子だ。まっすぐ切りそろえた長い髪《かみ》が、涼《すず》しげな一重《ひとえ》まぶたによく似合《にあ》っている。真矢は中学でもときどき男子に間違《まちが》われたほど背《せ》が高く、女らしさのかけらもないから、ちょっとうらやましい。髪《かみ》も子供《こども》の頃《ころ》からずっとショートカットだ。

花音はふうっとためいきをついた。

「よかったあ。知ってる人誰《だれ》もいないし不安だったの」

「わたしもそうだよ」

気がつけば、クラスの子たちはほとんど帰ってしまっていた。真矢と花音も自然と立ち上がる。

教室を出ると、花音はまた真矢の袖《そで》をつかんだ。二度目だから驚《おどろ》きはしないが、やはり不思議だ。

「なにしてるの、それ?」

「困《こま》る?」

「いや、困《こま》らないけど、なんでつかむのかなって思って」

花音はなぜかぎゅっと目を寄《よ》せた。黙《だま》っていれば、はかなげな美少女と言ってもいいのに表情《ひょうじょう》がおもしろい。

「わたし、この学校が怖《こわ》いの」

そんなことだったのか。たしかに古い校舎《こうしゃ》だし、まわりをビルに囲まれているせいで日当たりが悪くて、怪談《かいだん》の舞台《ぶたい》にでもなりそうだ。建てられてから百二十年も時間が流れているのだから、なにか事件《じけん》もあるような気がする。

そんなことを考えると、真矢も背筋《せすじ》が冷たくなる気がしたが、あいにく真矢には霊感《れいかん》らしきものはない。それだけではない。怪談《かいだん》などもそれほど怖《こわ》いと感じないタイプだ。中学のとき、修学旅行《しゅうがくりょこう》での肝試《きもだめ》しで、他の女の子たちが怖《こわ》がったり泣いたりする中、平気でひとりで墓地《ぼち》を通《とお》り抜《ぬ》けたこともある。

そういうものが絶対《ぜったい》にないと確信《かくしん》しているわけではないが、少なくとも自分に見えることはないと思う。

おそるおそる聞いてみた。

「相原さん、霊感《れいかん》とかあるの？」

「ないよ。あったら、こないよ。こんな学校！」

花音は泣きそうな声で言った。

「ないのなら、見えないんだから別にいいやん」

「そういう問題じゃないんだよ……」

真矢の袖《そで》をつかんで離《はな》さない。

「でも、ここで三年間勉強するんだよ」

「言わないでぇ……」

黙《だま》っていたところで状況《じょうきょう》は変わらないと思う。でもまあ、怖《こわ》いのは自分ではどうすることもできないから可哀想《かわいそう》だ。

「じゃあ、早く帰ろうか」

階段《かいだん》を下りかけたとき、花音は真矢の袖《そで》をぐっと引いた。

「ねえ、ちょっとピアノ練習室に行ってみない？」

「ピアノ練習室？」

そんなものがあるなんて知らない。そもそもこの学校のことは、まだほとんど知らないのだ。

「なんで、そこに行くの？」

花音は声をひそめた。

「この学校の子たちの間で有名なんだって、出るって……」

今度は真矢が目を丸くする番だ。

「怖《こわ》いんじゃないの？　怖《こわ》いのにわざわざ見に行くの？」

あほちゃう？　と付け加えたかったが、今日会ったばかりであることを思い出して我慢《がまん》する。

「ちゃんと理由があるんだよう」

話を聞こうとしたが、階段《かいだん》の下から男の先生が上がってくる。眼鏡《めがね》をかけた優《やさ》しそうな人だ。

「ほら、きみたち、いつまでも学校に残ってちゃいけないよ。今日は始業式だから、門の鍵《かぎ》も早く閉《し》まるからね」

真矢と花音は「はあい」と声を揃《そろ》えた。

学校帰りの寄《よ》り道《みち》は理由がない限《かぎ》り禁止《きんし》されている。

だが、新入生が友達を作るのは、学校生活にとって必要なことではないだろうか。そういうことにして、真矢と花音は、心斎橋《しんさいばし》にあるカフェ・アルベルタに向かった。

ここは、真矢の叔母《おば》である和佳子《わかこ》がやっているカフェだ。今日は昼に学校が終わるから、アルベルタで昼ごはんを食べさせてもらうことになっていたのだ。

叔母《おば》のやっているカフェならば、もし教師《きょうし》に見つかっても怒《おこ》られることはないだろう。

「こんにちは、叔母《おば》さん」

カウンターの中でかき氷を作っていた和佳子がこちらを向く。

「友達連れてきちゃった。いい？」

「もちろん。二階に行く？」

頷《うなず》いて、二階に上がる。

ちょうど、オフィスのランチタイムも終わった頃《ころ》だから、二階に客はいなかった。窓際《まどぎわ》のテーブルに座《すわ》ると、和佳子が水を持って上がってきた。

「お邪魔《じゃま》します。相原花音です」

花音は椅子《いす》から立ち上がってお辞儀《じぎ》をした。

「お昼、一緒《いっしょ》に食べていってね。カレーがいい？　パスタがいい？」

「わあ、いいんですか。カレー食べたいです」

花音ははきはきとそう言った。真矢はこういうとき、つい遠慮《えんりょ》してしまう。花音のように好意を自然に受け取ることのできる子が、いつもうらやましかった。

和佳子が一階に下りてしまうと、二階には真矢と花音ふたりだけになる。

「ねえ、どうしてピアノ練習室を見に行くの？　というか、あの学校、なんか出るの？」

そう尋《たず》ねると、花音は大きくためいきをついた。

「出る……って噂《うわさ》なん」

そう断言《だんげん》されてしまうと、さすがに息が詰《つ》まる。

「そんなのなにかの見間違《みまちが》いでしょ」

「そうかもしれないんやけどさ。なんか怖《こわ》いやん」

絶対《ぜったい》いると言《い》い張《は》られるよりも、そう力なく言われる方がこちらも怖《こわ》くなる。

「怖《こわ》いなら、わざわざ見に行かなくてもいいやん！」

「だから、そういうわけにはいかないの。お母さんに頼《たの》まれてるの」

真矢はぱちぱちとまばたきをした。

「なんで、お母さんが、そんなこと……」

花音は力なくうなだれた。

「うちのお母さん、小説家なの。普段《ふだん》はミステリを書いてるんだけど、ホラー小説を書かなきゃならないことになって……そんで取材してきてって頼《たの》まれたの」

予想もしなかった理由だ。

「凰西の卒業生のある人から、代々伝わる怪談《かいだん》があるって聞いたけど、ママは普通《ふつう》の高校だったから、ピアノ練習室がどんなものかよく知らないし、見てきて教えてくれないかって頼《たの》まれたの」

真矢は腕《うで》を組んだ。まったく、どこの親も娘《むすめ》を利用することばかり考えている。

「お母さん、なんていう小説家？」

「藍原芽衣子《あいはらめいこ》っていう……たぶん知らないと思うけど」

たしかに聞いたこともないが、それをはっきり言うと花音に悪い。

「図書館で見たことあるかも……」

花音は下を向いて、またためいきをついた。

「ともかく、締《し》め切《き》りが近いんだって。早いうちになんかひとつ、ネタを探《さが》さないといけないの。明日にでも一緒《いっしょ》にピアノ練習室を見に行ってほしいの。お願い」

怖《こわ》いのに、幽霊《ゆうれい》が出ると噂《うわさ》されている場所を見に行かなくてはならない理由はわかった。

母親にそんなことを頼《たの》まれている花音は可哀想《かわいそう》だし、なにより他人事《ひとごと》とは思えない。

だから、真矢は頷《うなず》いた。

「わかった。一緒《いっしょ》に見に行こう」

まさかその安請《やすう》け合《あ》いが、あんなことになってしまうとは想像《そうぞう》もできなかったのだ。


まずは情報収集《じょうほうしゅうしゅう》だ。

翌日《よくじつ》、休み時間に真矢は隣《となり》の席にいた、河上悠里《かわかみゆり》という生徒に声をかけた。もうすでに友達がたくさんいるようだから、附属《ふぞく》中学出身だろうし、怪談《かいだん》について知ってるのではないだろうか。

ピアノ練習室の話を聞くと、悠里はひっと息を吸《す》い込《こ》んだ。

「ヤバイよ。ピアノ室はヤバイ。絶対誰《ぜったいだれ》もひとりでは行かないもん」

「どんなふうにヤバイの？」

「放課後とか、誰《だれ》もいないような時間に前を通ると、ぽろん、ぽろん、とピアノの音がするんだよ。聞いた人たくさんいるもん」

「誰《だれ》かが練習してるんじゃないの？」

真矢がそう尋《たず》ねると、悠里は首をぶんぶんと振《ふ》った。

「だから、のぞいたって誰《だれ》もいないの。それに練習だったら、ちゃんと曲が聞こえるでしょ。一本指で弾《ひ》いてるような音なんだよ」

「河上さん、聞いたの？」

「聞いてないけど、えーと、ちなみちゃんが聞いてる。ちょっと待ってね」

悠里が手招《てまね》きしたのは、北斗《ほくと》ちなみという小柄《こがら》な女の子だ。

「ちなみちゃん、ピアノ練習室で音聞いたよね……」

ちなみは目を大きく見開いた。

「なんで急にそんな話？」

「相原さんと、秋月さんが聞きたいんだって」

まあ、聞きたいのは花音なのだが説明すると長くなる。

ちなみの話は、悠里から聞いたのと少し違《ちが》った。

ちなみは練習室で、ピアノの個人《こじん》レッスンを教師《きょうし》から受けていたという。もともと練習室は、自宅《じたく》にピアノがなくて練習ができない生徒のためにあるものだが、今は自宅《じたく》にピアノのない生徒が、ピアノの授業《じゅぎょう》を受けること自体がめったにないことで、教師《きょうし》の個人指導《こじんしどう》や、ピアノの試験《しけん》などのときに使われるだけらしい。

別の部屋に改装《かいそう》するという話もしょっちゅう出ているのだが、なぜかそのたびにどこかでその案にストップがかかり、手つかずのままになっているらしい。

「ピアノのレッスンって……音楽科には進まなかったの？」

花音が無邪気《むじゃき》にそう尋《たず》ねる。デリケートな部分だから触《ふ》れない方がいいのに、と思ったが、ちなみはぺろりと舌《した》を出した。

「ピアノ、親にやれって言われてやってきたけど、本当はあんまり好きじゃなかったし、ずっとやめたかったの。親と大喧嘩《おおげんか》しちゃったけどね」

個人指導《こじんしどう》を受けた後、教師《きょうし》が先に練習室を出た。幽霊《ゆうれい》が出るという話を聞いていたから、ちなみも早く出るつもりだったが、そのときポケットに入れてあった自転車の鍵《かぎ》がぽろりと床《ゆか》に落ちた。

「四《よ》つん這《ば》いになって捜《さが》して、ようやく見つけた。立ち上がろうとしたとき、他に誰《だれ》もいないのに、急にピアノが、ぽろん、と鳴ったの」

花音が真矢の袖《そで》をぎゅうっとつかんだ。真矢もさすがに顔が強《こわ》ばる。

「すごい勢《いきお》いで、鞄《かばん》つかんで飛び出しちゃった」

ちなみはもうそれから練習室には行っていないという。

「前を通るのもいややもん」

他にもピアノの音を聞いた人はたくさんいるという。

「じゃあ、ピアノ室は普段《ふだん》使ってないの？　誰《だれ》でも入れる？」

「本当は先生に許可《きょか》もらわないといけないんだけど、めったに使ってないからのぞくらいなら大丈夫《だいじょうぶ》だと思う」

悠里が目を見開いた。

「もしかして肝試《きもだめ》し？　勇気あるぅ」

「そういうわけじゃないんだけどさ……」

花音は真矢の後ろから顔を出す。

「でも幽霊《ゆうれい》だったら、この学校で死んだ人とか……？」

明治時代からあるのだから、人が死んでいてもおかしくない。このあたりは戦争で焼け野原になった地域《ちいき》でもある。

悠里が言った。

「わたしが聞いた話では、三十年くらい前、苛《いじ》められて自殺した音楽科の生徒がいて、その子がよくピアノ室を利用していたとか」

「うわあ、やめてよう」

花音は泣きそうな顔になった。自分で聞いたくせに、と真矢は思う。

そんな話をしているうちに教師《きょうし》がやってきた。席に着いた花音が後ろを向いて言った。

「じゃあ、今日の放課後、行ってみようね」

怖《こわ》がりなのに行動力だけはあるらしい。

凰西の校舎《こうしゃ》はコの字形になっている。

真ん中の建物が南館、その左右に東館と西館がある。音楽関連の教室は主に西館にあった。体育ホールや職員室《しょくいんしつ》、理科室、調理実習室など、科に関係なく使う教室や施設《しせつ》が東館にあり、授業《じゅぎょう》が行われる教室は南館にある。附属《ふぞく》中学も同じ建物だから、教室以外の施設《しせつ》は共用だ。

つまり、普通科《ふつうか》の生徒は音楽の授業《じゅぎょう》以外で西館に行くことなどない。見つかったらなんて言《い》い訳《わけ》するのだろう。

「まだ学校に慣《な》れてないんだから、迷子《まいご》になったって言えば許《ゆる》してもらえるんじゃないかな」

花音はそう言ったが、そううまく行くだろうか。

南館を通《とお》り抜《ぬ》けて、西館に足を踏《ふ》み入《い》れる。二階の奥《おく》にピアノ練習室があることは、花音が調べてきている。

西館は、南館や東館よりも暗かった。窓《まど》が多いから昔は光が差《さ》し込《こ》んでいたのだろうが、今はまわりに建つビルが遮《さえぎ》ってしまっている。

花音は、真矢の腕《うで》をぎゅっとつかんでいる。知らない人が見たら、真矢が花音を無理矢《むりや》理《り》連れてきたように見えるだろう。

西館のいちばん奥《おく》にある階段《かいだん》を上った。踊《おど》り場《ば》で花音が泣きそうな声を出した。

「ねえ、秋月さん。手をつないでもらっていい？」

仕方がない。真矢が手を差し出すと、花音はぎゅっと握《にぎ》った。彼女《かのじょ》の手は冷たくて汗《あせ》ばんでいた。

なんだか少しくすぐったい。友達がいなかったわけではないけれど、真矢はあまりべたべたするのが好きではなかったから、もう長いこと手をつなぐようなことはしていない。

二階に上がると古いドアがあって、ピアノ練習室と書かれていた。耳を澄《す》ますが、ピアノの音は聞こえない。花音は真矢の顔をのぞき込《こ》んだ。

「入ってみる？」

真矢は頷《うなず》いた。ここまできたらもう覚悟《かくご》はできている。

ドアノブをまわす。ドアは、他の教室のドアよりもずっと重かった。防音《ぼうおん》仕様になっているのだろうか。

中は、畳《たたみ》で言えば六畳《じょう》ほどの狭《せま》い部屋だった。窓《まど》はなく、奥《おく》にアップライトピアノがひとつあるだけだ。

「なんにもないね」

ただ、狭《せま》い部屋の中にふたりで立っているだけだ。肩《かた》すかしを食《く》らったような気がするが、現実《げんじつ》はこんなものかもしれない。

なにもないピアノ練習室よりは、ぎしぎし鳴る校舎《こうしゃ》の階段《かいだん》の方がずっと怖《こわ》い。

「もう帰ろうか」

こちらを振《ふ》り返《かえ》った花音の目が大きく見開かれた。息を呑《の》む。

「秋月さ……」

どうかしたのだろうか。尋《たず》ねようとしたとき、顔の横から白いものがにゅっと現《あらわ》れた。

女の手だった。指から先は血まみれだ。

そんなはずはない。真矢の後ろは壁《かべ》なのだ。

血に汚《よご》れた手が二本、真矢の顔を挟《はさ》み込《こ》むように突《つ》き出《だ》されている。

後ろにはなにもあるはずはないのに。

花音が、声にならない悲鳴をあげた。そのまま床《ゆか》に崩《くず》れ落《お》ち、両手で顔を覆《おお》う。

その瞬間《しゅんかん》に手は消えた。

真矢は勢《いきお》いよく後ろを振《ふ》り返《かえ》った。やはりそこは壁《かべ》で、誰《だれ》もいるはずはないのに。

花音は小刻《こきざ》みに震《ふる》えていた。

「見た？」

真矢のことばに、花音はこくこくと頷《うなず》いた。

もう一度、部屋を見回す。なにもない。先ほどまでと一緒《いっしょ》だ。

「もう帰ろう」

花音が座《すわ》り込《こ》んだままなので、手を握《にぎ》って立たせる。

花音の手を引いたまま、ドアノブをまわそうとすると、ぬるりとした感触《かんしょく》があった。

掌《てのひら》に赤いものがべっとりとついていた。

ひゅっと喉《のど》が鳴った。悲鳴というのはそう簡単《かんたん》に出ないものだ。花音はもうがくがく震《ふる》えながら真矢の腕《うで》にすがりついている。

ドアノブをまわさなければ逃《に》げられないのに、恐《おそ》ろしくて触《さわ》れない。

血流が止まりそうなほど強く手を握《にぎ》り合いながら、しばらくふたりでがたがたと震《ふる》えていた。

意を決してドアノブに手を伸《の》ばしたときだった。

がちゃりとドアが開いた。驚《おどろ》いた顔をした年配の女性《じょせい》が立っていた。六十代くらいだろうか。白い髪《かみ》を小さなシニヨンにし、上品な花柄《はながら》のワンピースを着ている。

「あら、ピアノ室を使うの？　それとももう終わったのかしら」

「い、いいえ、わたしたち迷子《まいご》になってしまって」

女性《じょせい》はくすりと笑った。

「じゃあ、普通科《ふつうか》の新入生かしら。この時期、迷子《まいご》になる人がけっこう多いのよ。さあ、もう帰りなさい」

震《ふる》える足をなんとか動かしながら、真矢と花音はピアノ室からまろび出た。そのまま階《かい》段《だん》を駆《か》け下《お》りる。

今見たことをすべて忘《わす》れることができたらどんなにいいだろう。

家に帰ってから、真矢は何度もあの光景を思い出していた。

虚空《こくう》から伸《の》びた白い手、指から先が血で真っ赤だった。

今まで怖《こわ》いものなど見たこともないし、感じたこともない。あんなものが見えたことも不思議だが、いきなり目の前から消えたことも不思議だった。

あの手はいったいなんなのだろう。


花音の家は、大阪市《おおさかし》内のタワーマンションだった。

郊外《こうがい》の地下鉄も通らないところに住んでいる真矢には、市内のマンションは憧《あこが》れだ。しかもタワーマンションなんて、ドラマの中の存在《そんざい》だ。

学校からも十分くらいしかかからない。うらやましすぎる。

花音はオートロックを解除《かいじょ》して、中に入った。エレベーターで二十三階まで上がる。

ドアを開けて、中に声をかける。

「ママー、今帰ったよ」

「あ、お帰りなさい」

出てきた女の人を見て、真矢は驚《おどろ》いた。白に近い金髪《きんぱつ》、ボーダーのTシャツと太ももが丸出しのショートパンツ。

年齢《ねんれい》は、真矢の母親とほとんど変わらないと思う。たぶん四十代前半くらい。だが、ファッションが異様《いよう》に若《わか》い。おまけに小説家のイメージとも全然違《ちが》う。

リビングのソファで、紅茶《こうちゃ》とケーキを出してもらった。プルーンの入った紅茶《こうちゃ》のパウンドケーキは、芽衣子さんの手作りだという。

「秋月さんだっけ。話を聞かせてもらえると助かるの。カノったら、全然要領《ようりょう》を得なくって。怖《こわ》すぎて全然見てないんだって」

真矢ですら、腰《こし》を抜《ぬ》かしそうになった。怖《こわ》がりの花音なら無理もない。

「手が出てきたの？」

「はい、手です。たぶん女の人の……」

記憶《きおく》をたどる。真矢はものを覚えるのが得意だ。英語の単語なども一目見ただけで覚えてしまうし、一度通った道は忘《わす》れない。

「どんなだった？」

芽衣子はショートパンツの足を組んで、メモを取り始めた。

「指の第一関節から先が血まみれでした」

「全部？」

目を閉《と》じて、思い出す。

「左の親指、右の親指と小指には血がついてなかった」

「いいねえ。そういうディテールが小説には大事なのよ」

まるで他人事《ひとごと》だ。実際《じっさい》にあの空間にいても、芽衣子は「いいねえ」と言うのだろうか。

なんか言いそうな気がしてきた。

「どんな感じがした？」

「どんな感じって……」

「恨《うら》みの波動が出ていたとか、悲しみに満ちていたとか、ない？」

そういうのは小説家が考えてほしい。

「ありません」

あきれてそう言ったとき、花音が口を開いた。

「さみしそうだった……」

「え？」

「なんか、さみしそうだった……」

放課後、真矢はひとりで、ピアノ室に向かった。

なぜか、もう一度あの光景を確《たし》かめてみたかったのだ。花音を誘《さそ》っても、たぶん怖《こわ》がられるだけだ。

半分くらいは、幻覚《げんかく》かなにかだと思っている。血まみれの手が虚空《こくう》から伸《の》びてくるなんてありえない。

あたりを見回して、ドアを開ける。

中にはやはり、アップライトピアノがひとつあるだけだった。なにも見えないし、なにも感じない。普段《ふだん》と同じだ。

なぜ、あのときだけ、妙《みょう》なもの、現実《げんじつ》にありえないものが見えたのだろうか。

怖《こわ》いという感覚すらなかった。ピアノ以外はなにもない部屋。ただそれだけだった。

日常《にちじょう》だ。これまでとなにも変わらない。

真矢はほっと胸《むね》をなで下ろした。あのときは、花音が怖《こわ》がっていたせいで、真矢も影《えい》響《きょう》を受けただけだ。

最初に驚《おどろ》いたのは花音なのだから。

肩《かた》の重荷を下ろして、真矢はピアノ室を後にした。


それから一週間は何事もなく過《す》ぎた。

昼までで帰れる日々は終わり、午後まで授業《じゅぎょう》が続くようになった。

友達も増《ふ》えた。昼休みに、花音とふたりでお弁当《べんとう》を食べようとしていたら、隣《となり》の悠里が「一緒《いっしょ》に食べようよ」と誘《さそ》ってくれたのだ。

高校受験《じゅけん》組とはだいたい仲良くなったし、内部進学の子たちのことも、少しずつ覚えて話すようになった。

内部進学の子たちの中には、頑《かたく》なに内部組で固まって、高校受験《じゅけん》組とは話そうとしない子たちもいたが、そんな子はごく一部だ。だいたいの子は、体育の授業《じゅぎょう》や、教室移動《いどう》のときとかに、気さくに話しかけてくれた。

ピアノ室の手のことは、ずっと頭にあった。

普通《ふつう》に授業《じゅぎょう》を受けて帰る分には、西館に近づくこともない。だが、あんな体験《たいけん》をして忘《わす》れてしまうのは無理だ。

——お祓《はら》いとか、盛《も》り塩《じお》とかそういうので消えてくれないかな。

そう考えてみたが、よく考えれば三十年前から噂《うわさ》されているのだから、そんなことはもうやっているだろう。それとも、なんの害もないから放ってあるのだろうか。

見間違《みまちが》いだと信じたいのに、あの血まみれの手のことが忘《わす》れられない。夢《ゆめ》に見て飛び起きることもある。

授業《じゅぎょう》が終わり、教科書やノートを鞄《かばん》にしまっていると、花音が後ろを向いた。

「ねえ、今日、またうちに来ない？」

「いいけど、なにかあるの？」

遊びに行くのはかまわないが、ちょっと唐突《とうとつ》だ。花音はあたりを見回して、誰《だれ》も見ていないことを確《たし》かめてから、小さな声で言った。

「ピアノ室の手のこと、ママがいろいろ調べていたの。当時の在校生《ざいこうせい》に話を聞いたりとか……」

「えっ！」

三十年前ならば、そのときの在校生《ざいこうせい》は今四十代後半だ。昔だが、鮮烈《せんれつ》な出来事ならばみんな覚えているはずだ。

「それで、ママが、真矢ちゃんが興味《きょうみ》あるみたいだったから、もし話を聞きたければって……」

「聞きたい！」

忘《わす》れられるのなら忘《わす》れたいが、頭の中から消し去ることができないのなら、くわしいことが知りたい。なにも知らなければ怖《こわ》いままだが、少しでも理解《りかい》できれば怖《こわ》さも和《やわ》らぐ気がする。

「花音、お母さんからなんか聞いた？」

花音は顔をしかめて唇《くちびる》を突《つ》き出《だ》した。

「聞いてないよ。怖《こわ》いもの」

花音と芽衣子はまったく似《に》ていない。芽衣子が女子高生なら、誰《だれ》に言われなくても目を輝《かがや》かせて幽霊《ゆうれい》を見に行くに違《ちが》いない。

それとも、年齢《ねんれい》を重ねると花音もたくましくなるのだろうか。

一緒《いっしょ》に地下鉄に乗って、花音の家に向かう。

午後の地下鉄は、朝ほど混《こ》んでいないから好きだ。学校には慣《な》れたが、満員電車には全然慣《な》れない。毎朝、登校するだけでへとへとになる。

花音の家に到着《とうちゃく》すると、芽衣子はパジャマ姿《すがた》で現《あらわ》れた。

「やだ、ママ、まだ寝《ね》てたの？」

「もう寝《ね》てない。さっき起きたの」

真矢の家では、病気でもない限《かぎ》り起きたらすぐにパジャマは着替《きか》える。テレビなどで、パジャマで朝ごはんを食べている人を見ただけで、母は「行儀《ぎょうぎ》が悪い」と言う。

「ごめんねえ。締《し》め切《き》りで朝まで仕事してたの」

そう言いながら、パジャマのまま、紅茶《こうちゃ》を淹《い》れてくれる。びっくりしたが、別に芽衣子がパジャマであろうと、困《こま》ることはない。

紅茶《こうちゃ》と一緒《いっしょ》に、箱に入ったチョコレートを出してくれた。

「わあ、ジャン＝ポール・エヴァンだ」

憂鬱《ゆううつ》そうにしていた花音の顔がぱっと輝《かがや》く。真矢はそのチョコレートの銘柄《めいがら》すら知らない。チョコレートたちは箱にきれいに並《なら》んで、すました顔をしている。

ひとつ食べると、キャラメル味のフィリングが口の中に広がった。今まで食べたチョコレートの中でいちばんおいしいと思った。

芽衣子はパジャマのまま、向かいのソファに腰《こし》を下ろした。

「音楽科の生徒が自殺した事件《じけん》だけどね」

夢《ゆめ》のようにおいしいチョコレートから、現実《げんじつ》に引《ひ》き戻《もど》される。

「当時の在校生《ざいこうせい》を探《さが》してみたの。凰西はプロになった音楽家が多いから、プロフィールで当時在校《ざいこう》していた年代の人に当たってみたら、覚えている人が何人もいたわ。衝撃的《しょうげきてき》な事《じ》件《けん》だったから」

真矢はソファに座《すわ》り直した。花音はまだチョコレートを選んでいる。

「同級生が自殺したんですもんね……」

「その女子高生——名前は柏木美春《かしわぎみはる》というんだけどね——彼女《かのじょ》は、友達に事故《じこ》で大怪我《おおけが》をさせてしまったというの。それでショックを受けて、屋上から飛《と》び降《お》りたそうよ」

「いじめじゃなかったんですね」

「友達に怪我《けが》をさせてしまったことで、クラス中から無視《むし》されたりしていたそうだから、いじめが原因《げんいん》でないとは言えない。でも遺書《いしょ》にはその友達への詫《わ》び言《ごと》が書かれていたそうよ」

もし真矢でも、友達に怪我《けが》をさせてしまったりしたら平静ではいられないかもしれない。急にその人のことが、身近に感じられる。

「母親がなんとしても娘《むすめ》をピアニストにしようとして、有名なピアノ教師《きょうし》につけてスパルタ教育をしていたけど、あまりいい結果が出ずに苦しんでいたことも、遺書《いしょ》には書いてあった。だからピアノ室に出るんだと思うわ」

「怪我《けが》をした友達は……」

「その人は凰西で教師《きょうし》をやっているそうよ。小西遥香《こにしはるか》という先生知ってる？」

真矢は首を横に振《ふ》った。

少なくとも、授業《じゅぎょう》を受け持っている先生の中にはいない。音楽科の卒業生だとしたら音楽科の教師《きょうし》になっているのではないだろうか。

「その人にも出版社《しゅっぱんしゃ》を通して取材をお願いしたんだけど、断《ことわ》られたわ。まあ、教師《きょうし》になってたら、いくら昔の事件《じけん》でも学校で起きた事件《じけん》のことはべらべら喋《しゃべ》れないわよね」

たしかにそうかもしれない。納得《なっとく》しかけたとき、チョコレートを選んでいた花音がぽつりと言った。

「柏木美春じゃない」

「えっ！」

真矢と芽衣子は、ふたりして花音の方を向いた。花音は顔を上げた。

「え？　どうかしたの？」

「だって、あんた今、柏木美春じゃないって」

花音はぱちぱちとまばたきした。

「わたし、そんなこと言った？」

覚えていないのだろうか。芽衣子もさすがに驚《おどろ》いた顔をしている。

花音は、真矢とは違《ちが》うものを感じ取ったのだろうか。前も「さみしそうだった」と言った。

もし、花音の言うことが正しくて、あの手の持ち主が柏木美春でないのなら、あそこに残っているのはいったいなんなのだろう。


小西先生のことは、悠里がよく知っていた。

「中学の英語の先生だよ。授業《じゅぎょう》もわかりやすいし、優《やさ》しいから人気あったよ。高校でも教えてくれればいいのに」

中学の先生なら授業《じゅぎょう》を受けることはないが、校舎《こうしゃ》ではすれ違《ちが》うはずだ。中学も高校も教室が違《ちが》うだけで、校舎《こうしゃ》は同じだ。

ふいに思う。小西先生は、ピアノ室の幽霊《ゆうれい》の話を知っているのだろうか。それが柏木美春だと噂《うわさ》されていることも。

知っていれば、心静かではいられないような気がする。

知らないのか、聞いても信じないのか、それとももうその存在《そんざい》に慣《な》れてしまったのか。

大人になれば、幽霊《ゆうれい》など信じずに生きていられるのかもしれない。芽衣子みたいに変わった人以外は興味《きょうみ》すら持たない。真矢の母に言っても笑われるだけのような気がする。

それは、数日後の昼休みだった。四時限《じげん》目の体育の授業《じゅぎょう》を終え、教室に戻《もど》ろうと階段《かいだん》を上っていると、二階から階段《かいだん》を下りてきた女性《じょせい》教員がいた。

四十代くらいだろうか。両手でコピー用紙の束をかかえている。

北斗ちなみが声をあげた。

「あっ、小西先生！」

隣《となり》を歩いていた花音がはっとするのがわかった。真矢も足を止める。

彼女《かのじょ》が小西先生なのか。太っていて背《せ》が低いので、ころころと転がりそうだ。優《やさ》しい先生なのは、醸《かも》し出《だ》す雰囲気《ふんいき》からもよくわかる。

だが、すれ違《ちが》おうとした瞬間《しゅんかん》、真矢は息を呑《の》んだ。

小西先生の手は、ピアノ室で見た、虚空《こくう》から伸《の》びる手とそっくりだった。

真矢は花音の腕《うで》をつかんだ。きょとんとしている彼女《かのじょ》に言う。

「ちょっときて！」

「え？　え？」

花音は混乱《こんらん》しながらも、真矢の走る方についてきた。

「どこに行くの？」

「ピアノ室！　確《たし》かめたいことがあるの」

それを聞いて花音は足を止める。

「えええっ、行かなきゃあかんの？」

「きてほしいの。お願い！」

もしかすると、あのときと同じ条件《じょうけん》だったら。真矢ひとりではなく、花音とふたりなら。

「目、つぶったままでもいい？」

「いい！　かまへんから！」

花音の手を引《ひ》っ張《ぱ》ると、彼女《かのじょ》はあきらめたようについてきた。西館まで走って、ピアノ室を目指す。

ドアを開けると、ピアノ室には誰《だれ》もいなかった。廊下《ろうか》を歩く、音楽科の生徒たちが不思議そうに真矢たちを見ている。

ピアノ室に入って、ドアを閉《し》めた。花音はぎゅっと目を閉《と》じた。真矢は、花音の手を握《にぎ》った。あのときと同じように。

とたんに世界が一変した。

二本の手が、真矢の前に突《つ》き出《だ》されている。血まみれの、小西遥香の手にそっくりな手。怖《こわ》い。だが、目を閉《と》じたくはない。

二本の手にもうひとつの光景が重なった。

ピアノの前にふたりの生徒が座《すわ》っている。

ピアノを弾《ひ》いているのは、三十年前の小西遥香だ。ぽっちゃりしているけれど、今ほど太っていない。彼女《かのじょ》の手は信じられないほどなめらかに動いて、美しい旋律《せんりつ》を奏《かな》でる。彼《かの》女《じょ》は自分の手が奏《かな》でる音楽に酔《よ》いしれるように鍵盤《けんばん》を叩《たた》く。

隣《となり》にはもうひとりの少女がいた。

彼女《かのじょ》は泣きそうな顔をしている。彼女《かのじょ》は気づきはじめている。小西遥香のような才能《さいのう》が自分にはないことを。

どんなに努力しても、望む高みには届《とど》かない。教師《きょうし》には叱責《しっせき》され、母親は失望する。自分がどんなに望んでも得られないものを小西遥香は持っている。

——いけない!

そう叫《さけ》びそうになった。声は出なかった。出たとしても彼女《かのじょ》——柏木美春には届《とど》かない。

美春は立ち上がってピアノの蓋《ふた》を勢《いきお》いよく閉《と》じた。

重い蓋《ふた》が、遥香の指を押《お》し潰《つぶ》して、骨《ほね》を砕《くだ》く。

遥香の悲鳴が上がる。

思わず、真矢は花音の手を振《ふ》り払《はら》った。目の前の光景は弾《はじ》けるように消えた。

しばらく荒《あら》い息を吐《は》いていた。

「真矢……ちゃん?」

気がつけば、花音が心配そうにこちらを見ていた。彼女《かのじょ》は目を閉《と》じていたから見なかったのだろう。

「どうしたの？」

「柏木美春じゃない」

ここに残されているのは、柏木美春の心ではない。

小西遥香の手だ。ピアノを弾《ひ》く手。


柏木美春は小西遥香の手を殺した。

日常《にちじょう》生活には困《こま》らないほど回復《かいふく》したとしても、もうなめらかに音楽を奏《かな》でることはできない。殺したのは、ピアニストへの夢《ゆめ》だけではない。

ピアノを弾《ひ》きたいという気持ち、音楽を奏《かな》でる幸せ、これまで小西遥香の人生を大きく彩《いろど》ってきたもの、もしかすると彼女《かのじょ》のすべてが殺されてしまったのだ。

ピアノを弾《ひ》く手だけが、持ち主と離《はな》れてここに残っている。

もしかすると、手をここに残していかなければ、小西遥香は生きられなかったのかもしれない。

愛するピアノは自分から永遠《えいえん》に奪《うば》われて、しかも友達すら死んでしまう。世界を憎悪《ぞうお》せずに生きるために、彼女《かのじょ》は手を切《き》り離《はな》したのかもしれない。

その手だけが、ここでぎこちなく音楽を奏《かな》でようとしている。

いつまでも、いつまでも。


なぜ、ひとりでいるときはなにも見えないのに、ふたりで手をつなぐと不思議なものが見えるようになるのかは真矢にもわからない。花音にもわからないと思う。

学校がはじまって一ヶ月《かげつ》ほどした水曜日のことだった。

二時限《じげん》目のチャイムと同時に、ドアを開けて入ってきたのは小西先生だった。

クラス中がざわつく。英語の時間だが、小西先生は中学の英語教師《きょうし》だ。このクラスの受け持ちは薬師《やくし》という男性《だんせい》教員だ。

小西先生は教壇《きょうだん》に立って言った。

「薬師先生は、今日は体調を崩《くず》されてお休みです。今日はわたしが代わりにきました」

「えー、自習がいい！」と、誰《だれ》かが言う。軽い口調だから本気ではない。たぶん、先生と仲のいい子の発言だろう。

小西先生もくすりと笑った。

「駄目《だめ》です。薬師先生から小テストを預《あず》かっているので、それをやってもらいます」

えー、とか、わー、とか失望の声があちこちであがる。だが、その声は少し楽しそうだ。

「じゃあ、小テストを配りますね」

先生はテスト用紙の枚数《まいすう》を数えて、最前列の生徒に渡《わた》す。花音もそれを受け取った。

一枚《いちまい》、自分の分を取ってから、後ろの真矢に渡《わた》す。

受け取るときに、偶然《ぐうぜん》手と手が触《ふ》れた。

ちょうど、テストを配り終わった小西先生が、机《つくえ》の横を通《とお》り過《す》ぎていく。

真矢は息を呑《の》んだ。

小西先生には、手首から先がなかった。

夢《ゆめ》の行き先

澤《さわ》村《むら》伊《い》智《ち》

始まりは小学五年の二学期、十一月十四日のことだった。あくまで「僕《ぼく》にとっての」始まりだが、その辺りの詳細《しょうさい》は後述《こうじゅつ》する。

その日はちょうど僕《ぼく》の誕生日《たんじょうび》で、夕食は両親と二つ上の兄、家族揃《そろ》ってフライドチキンとケーキを食べた。肝心《かんじん》のプレゼントは思い出せない。大方ファミコンのソフトだろう。スーパーファミコンは当時既《すで》に発売されていたが、僕《ぼく》たち兄弟が手に入れたのは翌年《よくねん》の夏だった。

ささやかな誕生《たんじょう》パーティが終わり、「今日だけね」と母親に許可《きょか》を貰《もら》い、僕《ぼく》は夜更《よふ》かしして居間《いま》でテレビにかじり付いた。十時半を回る頃《ころ》には眠《ねむ》くなっていたけれど、我慢《がまん》して起きていた。ただ夜更《よふ》かしをするのが楽しい。そう思えるほど当時の僕《ぼく》は幼《おさな》かった。

時計の針《はり》が十一時を回ってすぐ、僕《ぼく》は眠気《ねむけ》に耐《た》えられなくなって部屋に向かった。二段《だん》ベッドの下段《げだん》に潜《もぐ》り込《こ》む。兄が上の段《だん》で寝言《ねごと》を呟《つぶや》くのが聞こえた。そう思った瞬間《しゅんかん》に僕《ぼく》は眠《ねむ》りに落ちた。そして夢《ゆめ》を見た。

住んでいる十五階建てマンションの階段《かいだん》を駆《か》け下《お》りていた。

外は真っ暗で星も見えない。遥《はる》か下の駐車場《ちゅうしゃじょう》には一台の車も停《と》まっていない。夢《ゆめ》の中の僕《ぼく》は階段《かいだん》から廊下《ろうか》に出て、中央のエレベーターへ走った。タンッタンッタンッと自分の足音が反響《はんきょう》していた。

廊下《ろうか》の照明は真っ赤だった。エレベーター前の照明も真っ赤だった。おかしいとは思わなかった。思っている余裕《よゆう》がなかった。もっとおかしな状況《じょうきょう》にいたからだ。

自分はいま老婆《ろうば》に追いかけられている。いや、「ババア」と呼《よ》んだ方がいい。鬼婆《おにばば》のようでも山姥《やまんば》のようでもあり、そのどちらでもない恐《おそ》ろしい存在《そんざい》「ババア」の魔《ま》の手《て》から、自分は逃《に》げようとしている。

理由は分からない。ババアは目の前に現《あらわ》れてもいないし、そもそも何者なのかも分からない。それでも夢《ゆめ》の中の僕《ぼく》は確信《かくしん》していた。恐《おそ》ろしいババアに追われていることを。そして捕《つか》まったら殺されてしまうことを。

エレベーターの前に辿《たど》り着《つ》くと、階数表示《ひょうじ》のランプが目に留《と》まった。その上には「11」

の文字パネル。今いるのは十一階だ。僕《ぼく》の家がある階だ。でも家には帰れない。帰ってはいけない。これも理由は分からないが確信《かくしん》があった。

二つあるエレベーターのうち一つが動いているのが、ランプの点滅《てんめつ》で分かった。七階から八階へ、そして九階へ。

上ってきている。ババアかもしれない。エレベーターの扉《とびら》の窓《まど》の向こう、暗い中に籠《かご》の影《かげ》が見えた。

僕《ぼく》はすぐに走った。背後《はいご》でエレベーターの扉《とびら》が開く音がして心臓《しんぞう》が跳《は》ね上《あ》がる。振《ふ》り返《かえ》る勇気はとても湧《わ》かなかった。赤い光に照らされたコンクリートの床《ゆか》は酷《ひど》く硬《かた》い。それなのに踏《ふ》み込《こ》んでも前に進まない。自分が思うよりもスピードが出ない。

一一〇五号室、一一〇四号室、一一〇三号室の前を必死で走《はし》り抜《ぬ》け、一一〇二号室の前の——さっき下りたのとは反対側の階段《かいだん》を一段《だん》飛ばしで下りる。階段《かいだん》の曲がり角に着地したところで、

カンッ

と高い音がマンション中に響《ひび》き渡《わた》った。

思わず振《ふ》り返《かえ》ると、十一階の廊《ろう》下《か》に人影《ひとかげ》が立っていた。赤い光にシルエットが浮《う》かび上《あ》がっている。ボサボサの長い髪《かみ》。着物。手にした長い棒《ぼう》のようなものを、手摺《てすり》にキキキと擦《こす》り付《つ》けている。わずかに湾曲《わんきょく》した刃《は》が、棒《ぼう》の先端《せんたん》で赤い光を受けて輝《かがや》いていた。

薙刀《なぎなた》だ。ババアは薙刀《なぎなた》を持っている。

そう思った瞬間《しゅんかん》、人影《ひとかげ》がゆらりと動いた。

僕《ぼく》は泣きそうになりながら階段《かいだん》を駆《か》け下《お》りた。

十階、九階、八階、七階、下っても下っても安心できなかった。

足音はしない。気配もしない。でもこのままだと追いつかれる。立ち止まったらお終《しま》いだ。焦《あせ》りと恐怖《きょうふ》だけが身体を動かしていた。

何階か下りて廊《ろう》下《か》を駆《か》け抜《ぬ》け、エレベーターの前を通《とお》り過《す》ぎて反対側の階段《かいだん》をまた下りる。ババアを捲《ま》くつもりだったのか、それとも気が動転していたのか、お世辞《せじ》にも賢明《けんめい》とは言えない経路《けいろ》で僕《ぼく》は下へと向かっていた。

また廊《ろう》下《か》を走ってエレベーターの前に差《さ》し掛《か》かり、何気なく文字パネルを見て僕《ぼく》は愕然《がくぜん》とした。

「11」

なぜ、どうして。ババアから逃《に》げないといけないのに。もうすぐそこまで迫《せま》っているのに。足が震《ふる》え腹《はら》の底が持ち上がる。鼻の奥《おく》が痺《しび》れる。立ち止まっていることに気付いて駆《か》け出《だ》そうと思ったその時。

背後《はいご》でガチャンと音がした。エレベーターの正面の部屋の、ドアが開く音だ。そう認識《にんしき》したところで、ぶんっ、と空気が揺《ゆ》れるのを感じた。すぐ後ろでババアが薙刀《なぎなた》を振《ふ》り上《あ》げる姿《すがた》が頭に浮《う》かんだ。

「晃《あきら》、おい晃」

兄の声が遠くから聞こえて、ベッドの上で叫《さけ》んでいる自分に気付いた。暦《こよみ》の上では冬だというのにパジャマの下は汗《あせ》だくで、鼓動《こどう》が耳に響《ひび》いていた。

ベッドの上段《じょうだん》から逆《さか》さまに頭を出して、兄は、

「うるさいねん、静かに寝《ね》てくれや」

囁《ささや》き声でそう吐《は》き捨《す》てた。暗い中で不機嫌《ふきげん》な表情《ひょうじょう》がぼんやり見えたが、その時の僕《ぼく》は兄が救世主あるいはヒーローに思えた。安堵《あんど》と歓喜《かんき》と感謝《かんしゃ》の気持ちで「あああー」と変な声

さえ漏《も》らしていた。涙《なみだ》が頬《ほお》や瞼《まぶた》、それどころか耳まで濡《ぬ》らしていることに気付く。

「なに泣いとんねん」

兄は眠《ねむ》そうに言ってベッドに戻《もど》り、僕《ぼく》は掛《か》け布団《ぶとん》を頭から被《かぶ》った。布団《ふとん》の温《ぬく》もり、兄と部屋にいることの安心感。その二つを噛《か》み締《し》めながら、僕《ぼく》は暗闇《くらやみ》の中で大きく息を吐《は》いた。

朝に目覚めても夢《ゆめ》のことはしっかり覚えていた。焦燥《しょうそう》感も恐怖《きょうふ》も。死を覚悟《かくご》したことも。と同時に、僕《ぼく》はこの現実《げんじつ》にしっかり立っていることに喜びも感じていた。

ババアは実在《じつざい》しない。起きている限《かぎ》りは安心だ。それに同じ夢《ゆめ》を二度も見たりはしないだろう。つまりこの先一生、ババアの夢《ゆめ》にうなされることはなくなる。僕《ぼく》は満たされた気持ちで朝食を平らげ、学校に向かった。

そしてその夜、再《ふたた》び夢《ゆめ》でババアに追いかけられた。

赤く光るマンション。外は完全な暗闇《くらやみ》で、僕《ぼく》は階段《かいだん》と廊下《ろうか》を走っていた。カンッと手摺《てすり》が鳴って、ぼさぼさ頭のシルエットが見えた。そして最後はエレベーターの向かいの部屋のドアが開き、薙刀《なぎなた》を振《ふ》る音がした。何から何まで前日見た夢《ゆめ》と同じだった。

「晃、おい晃」

ベッドの上段《じょうだん》から覗《のぞ》く兄の険《けわ》しい顔も、呼《よ》びかける声も言葉も同じだった。僕《ぼく》は泣かなかった。安堵《あんど》もしなかった。自分でも驚《おどろ》くほど冷静に状況《じょうきょう》を観察していた。

「……大丈夫《だいじょうぶ》」

「どこがやねん。めっちゃ叫《さけ》んどったぞ」

勘弁《かんべん》してくれよ、とぼやきながら兄はベッドに戻《もど》った。僕《ぼく》はしばらく眠《ねむ》れなかった。二晩《ふたばん》連続で同じ夢《ゆめ》――同じ悪夢《あくむ》を見たことに衝撃《しょうげき》を受けていた。

朝起きて朝食を摂《と》る間も、登校中も、授業《じゅぎょう》中も休み時間も、僕《ぼく》はババアの夢《ゆめ》について考えていた。というよりつい考えてしまっていた。マンションの硬《かた》い廊下《ろうか》。足音。赤い照明。そしてあのシルエット。考える度《たび》に頭に浮《う》かんで鳥肌《とりはだ》が立った。

その夜。僕《ぼく》はまたしても夢《ゆめ》でババアに襲《おそ》われた。夢《ゆめ》の中身はそれまでと全く同じだった。

「晃！」

怒鳴《どな》り声《ごえ》とともに頭を殴《なぐ》られ、僕《ぼく》は布団《ふとん》の中ではっきり目を覚ました。電気が点《つ》く。兄が僕《ぼく》の胸倉《むなぐら》を摑《つか》んだ。これ以上ない不機嫌《ふきげん》そうな顔で、

「安眠妨害《あんみんぼうがい》じゃ。大概《たいがい》にせえよ」

低い声でそう凄《すご》んだ。僕《ぼく》は反射的《はんしゃてき》に「ごめん」と謝《あやま》っていた。

「……夢見《ゆめみ》ててん」

「ああ？」

兄は摑《つか》んでいた手を離《はな》すと、「三日連続でか」と訝《いぶか》しげに訊《き》く。僕《ぼく》は正直に夢《ゆめ》のことを打ち明けた。夢《ゆめ》で老婆《ろうば》らしき人物に追いかけられ、マンションを逃《に》げ惑《まど》った。言葉にするとこれだけで済《す》んだことに内心驚《おどろ》き呆《あき》れながら。

兄は半目《はんめ》で聞いていたが、僕《ぼく》が話し終えるなり、

「そらお前、不安な精神状態《せいしんじょうたい》の表れや」

と、利《き》いた風《ふう》なことを言った。

「そういうもんや。空飛んだりは特にな」

「空は飛んでへんよ。走って――」

「細かいことは知らんけど」兄は顔を擦《こす》ると、「気になんねやったら本で調べたらええわ。夢占《ゆめうらな》いの本とかよう売っとんで。二昭堂《にしょうどう》にも」

近所にある本屋の名前を挙げると、兄は大きな欠伸《あくび》をして、

「まあ寝《ね》れたら何でもええよ。頼《たの》むわ」

電気を消して梯子《はしご》を上り、ベッドの上段《じょうだん》に消えた。ごろんと横になる音が上から響《ひび》く。すぐにすーすーと寝息《ねいき》が聞こえ始めた。

部屋の暗闇《くらやみ》が不意に恐《おそ》ろしくなり、僕《ぼく》はまた布団《ふとん》を頭から被《かぶ》った。

翌日《よくじつ》。学校にいる間、僕《ぼく》はほとんど無言だった。授業《じゅぎょう》中も休み時間も、ただただ時間が早く過《す》ぎるのを待った。

「どしたん？」

昼休みが終わった頃《ころ》、前の席の後藤匡《ごとうただし》が振《ふ》り返《かえ》って訊《き》いた。「なんか顔色悪いで。風邪《かぜ》引いてんの？」と訊《き》く。特に親しくはないしグループも違《ちが》ったが、雑談《ざつだん》くらいはする仲だった。

「ううん。大丈夫《だいじょうぶ》」

僕《ぼく》は首を振《ふ》った。夢《ゆめ》が怖《こわ》いから対策《たいさく》を探《さが》しに行くとは言えなかった。

「ならええけど」匡は心配そうな顔で、「授業《じゅぎょう》中にしんどくなったら、すぐ言うて。代わりに先生に――」

「おい後藤」

よく通る大きな声がした。宮尾郁馬《みやおいくま》がポケットに手を突《つ》っ込《こ》みながら歩いてくると、

「今日も遊びに行ったるわ。スーファミやらして」

と匡を見下ろした。匡の家は裕福《ゆうふく》で流行のものは大抵揃《たいていそろ》っていた。

「あ、えーっと」

彼《かれ》は愛想笑《あいそわら》いを浮《う》かべて、「今日はごめん、公文《くもん》あんねん」

「それは明日やろ。リサーチ済《ず》みや」

宮尾は身体を折って匡に顔を近付け、「今度嘘吐《うそつ》いたらどうなるか分かってるやろな」と、巻《ま》き舌《じた》で囁《ささや》きかけた。匡は「うん、ごめん」と全身を縮《ちぢ》める。

「じゃあよろしく」

そう言うと宮尾は匡の肩《かた》を小突《こづ》き、悠然《ゆうぜん》と歩き去った。百七十センチを超《こ》える長身と威《い》圧的《あってき》な態度《たいど》。クラスを仕切って威張《いば》り散らす、絵に描《か》いたような番長。それが宮尾だった。

「……ふう」

急激《きゅうげき》に疲《つか》れ果《は》てた様子で溜息《ためいき》を吐《つ》く匡に、声をかけることはできなかった。

学校が終わると僕《ぼく》はそのまま二昭堂に向かった。

夢占《ゆめうらな》いの本は大人向けのコーナーにいくつもあった。何冊《なんさつ》かぱらぱらめくって「お婆《ばあ》ちゃん」「刃物《はもの》」「家」「マンション」「追いかけられる」といった言葉を片《かた》っ端《ぱし》から調べる。占《うらな》いの結果は「将来《しょうらい》への不安」「成長の兆《きざ》し」といった漠然《ばくぜん》としたものばかりだった。こんなものは占《うらな》いでも何でもない、誰《だれ》にでも当てはまる。子供《こども》でもそう理解《りかい》できた。

落胆《らくたん》と同時に不安が胸《むね》に広がる。他に何か無いか。店内を歩き回っていると、いつの間にか子供《こども》向けのコーナー、それもオカルト本の棚《たな》の前にいた。心霊《しんれい》写真本、UMA《ユーマ》の本。UFOの本。

僕《ぼく》はここで思い出した。心霊《しんれい》写真本には結構《けっこう》な割合《わりあい》で、後ろの方に厄除《やくよ》けや除霊《じょれい》の方法が載《の》っているはずだ。友人に借りて読んだ時に何度も見た記憶《きおく》があった。さっそく手前から順に心霊《しんれい》写真本をめくっていく。店員が近付くとさも買うような素振《そぶ》りをしてやり過《す》ごし、僕《ぼく》は棚《たな》にある全ての関連本を立ち読みした。そして役に立ちそうな記述《きじゅつ》をいくつか見つけることができた。

寝《ね》る時間になると、僕《ぼく》は学習机《がくしゅうづくえ》で自由帳を開いた。鉛筆《えんぴつ》で大きな日本刀の絵を描《か》いて破《やぶ》り取《と》る。怨霊《おんりょう》なり幽霊《ゆうれい》なりは刃物《はもの》を嫌《きら》うと書かれていたからだ。台所から包丁を持ち出すのは躊躇《ためら》われた。手持ちのカッターナイフでは心許《こころもと》ないと感じた。だから強そうな日本刀の絵を描《か》くことにした。

続いて中国の幻獣《げんじゅう》・貘《ばく》の絵。水木《みずき》しげるの妖怪《ようかい》本を模写《もしゃ》して、どうにかそれらしいものを描《か》き上げる。貘《ばく》は悪夢《あくむ》を食べてくれるのだ。

二つの絵を丁寧《ていねい》に折りたたみ、洗面所《せんめんじょ》から持ち出した手鏡と一緒《いっしょ》に枕《まくら》の下に忍《しの》ばせる。あくまでできる範囲《はんい》ではあるが、除霊《じょれい》の準備《じゅんび》は整った。上手《うま》く行けば悪夢《あくむ》を――ババアの夢《ゆめ》を見なくて済《す》む。

そもそもババアは霊的《れいてき》な存在《そんざい》なのか、といった疑問《ぎもん》はとりあえず脇《わき》に置いていた。手に入る対策《たいさく》、気持ちの上でしっくり来る対策《たいさく》は除霊《じょれい》しかない、というのが実情《じつじょう》ではあった。それでも寝《ね》る覚悟《かくご》はできていた。

テスト勉強をしていた兄が「今日は勘弁《かんべん》してくれよ」と睨《にら》み付《つ》ける。僕《ぼく》は「頑張《がんば》るわ」とベッドに潜《もぐ》り込《こ》み、枕《まくら》をポンと叩《たた》いて頭を預《あず》けた。よし、と心の中で勢《いきお》いをつけて目を閉《と》じ、大きく深呼吸《しんこきゅう》した。

そして鳥のさえずりとともに目を覚ました。

ベッドから飛び起きるとカーテンを開け、降《ふ》り注《そそ》ぐ朝日を全身に浴びた。テレビドラマかCMのようだと自分でも呆《あき》れたけれど、そうしたい気持ちを抑《おさ》えられなかった。

除霊《じょれい》が効《き》いたのだ。刀と獏《ばく》の絵、そして鏡がババアを退《しりぞ》けたのだ。

偶然《ぐうぜん》かもしれないとは分かっていても、僕《ぼく》はそう考えずにはいられなかった。自分の知恵《ちえ》と努力が実った。そんな達成感に浸《ひた》りたかったのかもしれない。

その日の夜はババア以前に夢《ゆめ》そのものを見なかった。その翌日《よくじつ》は給食で巨大《きょだい》な餃子《ぎょーざ》が出る夢《ゆめ》を見た。目覚めた時は口の中がニンニク臭《くさ》く感じたが、顔を洗《あら》う頃《ころ》には消えていた。

僕《ぼく》は心の底から安堵《あんど》した。晴れ晴れした気分でいることができた。もうババアの夢《ゆめ》は見ない。念のため枕《まくら》の下には除霊《じょれい》のアイテムを置いていたけれど、二度とあの夢《ゆめ》を見ることはないだろうと確信《かくしん》していた。

十一月二十日。朝の会が始まる前のこと。

「眠《ねむ》いわー」

匡が椅子《いす》で大きく伸《の》びをして言った。

「スーファミ？」

僕《ぼく》は訊《き》く。遅《おそ》くまで遊んでいたのだろうと推測《すいそく》していた。

「それもあるけど」

匡は細い目を擦《こす》りながら、

「なんか変なババアに追いかけられる夢見《ゆめみ》てん。そんで寝《ね》れんかった」

僕《ぼく》は思わず「うそ」と声を上げていた。

匡は豪快《ごうかい》に欠伸《あくび》をして、

「それも三日連続」

と、白い顔を歪《ゆが》めて言った。


匡から聞いた「変なババアに追いかけられる夢《ゆめ》」は、僕《ぼく》が三日続けて見たものとほとんど同じだった。違《ちが》うのは舞台《ぶたい》だけ。匡が見たのは誰《だれ》もいない夜の遊園地だったという。宝《たから》塚《づか》ファミリーランド。今はもう取《と》り壊《こわ》されてマンションが立《た》ち並《なら》んでいるが、当時の関西では有名な遊園地の一つだった。

「ライトが全部赤かったわ。ジェットコースターも観覧車《かんらんしゃ》も、メリーゴーランドも」

「ババアは見た？」

「一瞬《いっしゅん》だけ」匡は顔をしかめると、「観覧車《かんらんしゃ》の——支《ささ》えっていうんかな。ぶっとい柱の陰《かげ》で。カーンって棒《ぼう》みたいなんで柱叩《たた》いて脅《おど》してきた」

同じ点があまりにも多い。いつの間にか先生が来ていて朝の会が始まっていたけれど、僕《ぼく》は構《かま》わず、

「最後は？　最後はどうなったん？」

「これが夢《ゆめ》の訳《わけ》分からんとこでな」匡は自嘲《じちょう》の笑《え》みを浮《う》かべると、「俺《おれ》、よりによってお化け屋敷《やしき》に逃《に》げてもうてん。余計《よけい》怖《こわ》いのにな。そんで暗くて案《あん》の定《じょう》迷《まよ》って、ビビッてたら後ろで……」

何かを振《ふ》り上《あ》げる音がして死を覚悟《かくご》した。そこで目が覚めたという。

僕《ぼく》は息を潜《ひそ》めて匡の眠《ねむ》そうな顔を見つめていた。そっくりな夢《ゆめ》を、それも追いかけられる悪夢《あくむ》を、前後の席の生徒が相次いで見た。偶然《ぐうぜん》だとは思えなかった。ババアの夢《ゆめ》のことは兄にしか言っていない。だから「耳にしたせいで夢《ゆめ》に出た」可能性《かのうせい》もない。

「……後藤くん」僕《ぼく》は少し迷《まよ》ってから、「それな、僕《ぼく》も見てん。四日前まで三日連続」

「うせやん」

匡は鼻を鳴らした。「嘘《うそ》やん」の「そ」は往々《おうおう》にしてセとソの間のような発音になるが、彼《かれ》の場合は「せ」そのものだった。

「ほんまやって。僕《ぼく》はマンションやったけど、赤い光で、薙刀《なぎなた》持ってて」

「薙刀《なぎなた》！」

彼《かれ》はハッとした顔で、「それや、そっちや。棒《ぼう》ちゃう――」

「後藤くん澤口《さわぐち》くん」

先生の声がして僕《ぼく》たちは身を竦《すく》めた。彼女《かのじょ》は無《む》表情《ひょうじょう》で僕《ぼく》たちを睨《にら》み付《つ》けると、

「そんなに大事な話ならみんなの前で発表しますか？」

と、わざとらしい棒読《ぼうよ》みで訊《き》いた。僕《ぼく》たちは顔を伏《ふ》せたまま同時に首を振《ふ》った。

休み時間になると、僕《ぼく》はババアの悪夢《あくむ》について匡に説明した。彼《かれ》は「変な話やなあ」と首を傾《かし》げていたが、決して否定《ひてい》したり馬鹿《ばか》にしたりはしなかった。

「やってみよっかな。その除霊《じょれい》グッズのやつ、早速《さっそく》」

僕《ぼく》が話し終わると、彼《かれ》はそう言った。口調は軽かったがどこか白々しかった。内心は今夜のことが不安なのだろう。考えなくても分かった。

「うん」僕《ぼく》はうなずくと、「効果《こうか》はあった。僕《ぼく》は見なくなった。今んところやけど」

「そっか」匡は腕《うで》を組むと、

「俺《おれ》やったらもっとちゃんとやれそうやわ」

ニヤリと不敵《ふてき》な笑《え》みを浮《う》かべた。

その日の夜も、ババアは夢《ゆめ》に現《あらわ》れなかった。ただし悪夢《あくむ》は見た。匡と二人で黒板の前に立たされて、先生に早口言葉を言わされる、それはそれで充分嫌《じゅうぶんいや》な悪夢《あくむ》だった。

翌日《よくじつ》、教室に入るなり匡が僕《ぼく》に走《はし》り寄《よ》った。すっきりした表情《ひょうじょう》で、

「効《き》いたわ。出んかった。夢《ゆめ》も見んかった」

「ほんまに？」

「うん」匡はここでまたニヤリと笑うと、「多分やけどババア死んだで」と言った。

匡は昨晩《さくばん》、獏《ばく》の絵と鏡、そして本物の刀を枕《まくら》の下に忍《しの》ばせたという。座敷《ざしき》の床《とこ》の間《ま》に飾《かざ》られている由緒《ゆいしょ》正しいらしい日本刀を、こっそり持ち出したそうだ。

「危《あぶ》ないってそんなん」僕《ぼく》は思わず苦笑《くしょう》する。

「大丈夫《だいじょうぶ》やったで」匡は平然と、「朝にバレておとんにめっちゃ怒《おこ》られたけど、まあプラスマイナスで言うたらプラスとちゃう？　それに部屋の空気もなんか明るくなった気がする。これは――」

ババア倒《たお》したってことやろうな、と締《し》めくくった。前向きに考えすぎでは、と思ったけれど、嬉《うれ》しそうにしている彼《かれ》にそう言うのは躊躇《ためら》われた。いずれにしろ彼《かれ》も悪夢《あくむ》を見なくなった。少なくとも昨夜は。

「明日も教えて。経過報告《けいかほうこく》っていうか」

「何ともないと思うけどな」

匡は面倒《めんどう》くさそうに承知《しょうち》した。

僕《ぼく》の心配は取《と》り越《こ》し苦労《ぐろう》に終わった。翌日《よくじつ》の朝、翌々日《よくよくじつ》の朝、そしてその翌日《よくじつ》の朝も、匡は教室に入ってくると真っ先に「大丈夫《だいじょうぶ》やったわ」と律儀《りちぎ》にも報告《ほうこく》してくれた。

「鏡もなんか高そうやったからな。ゴテゴテ宝石《ほうせき》ついとったし」

「そんなん使《つこ》たん？」

「こういうのはケチったらあかんねんて。おとんもおかんもよう言うてる。今の家建てる時も、なんかお祭りみたいなんやっとったし」

地鎮祭《じちんさい》のことだと今では分かるが、当時の僕《ぼく》はただただ感心していた。裕福《ゆうふく》な家庭は験《げん》担《かつ》ぎや、心霊《しんれい》めいたことを馬鹿《ばか》にしたりはしない。むしろ真面目《まじめ》に考えることもある。その実例を目《ま》の当《あ》たりにしてちょっとした興奮《こうふん》さえ覚えていた。

一連の遣《や》り取《と》りをきっかけに、僕《ぼく》と匡はそれまでより親密《しんみつ》に付き合うようになった。彼《かれ》のいるグループに混《ま》ざって遊ぶようになった。彼《かれ》の豪邸《ごうてい》に招《まね》かれることも増《ふ》え、僕《ぼく》はそこで初めて、お手伝いさんという職業《しょくぎょう》が現実《げんじつ》にあると知った。

「最近はどうなん？　ババア」

十一月二十七日の夕方。匡の部屋でスーパーファミコンをしている最中、僕《ぼく》は彼《かれ》に訊《き》いた。部屋には僕《ぼく》と匡の他に、同じクラスの井浦健吾《いうらけんご》と西勝也《にしかつや》がいた。二人ともめいめいに漫画《まんが》を読《よ》み耽《ふけ》っている。

「全然」匡はテレビ画面を見つめたまま、「やっぱり死んだんやろ。薙刀《なぎなた》も我《わ》が家《や》の宝刀《ほうとう》には勝てへんかったんやろうな」

　コントローラーを器用に操作《そうさ》して大技《おおわざ》を繰《く》り出《だ》す。件《くだん》の日本刀は前に遊びに来た時に見せてもらっていたが、確《たし》かに霊験《れいげん》あらたかそうではあった。鞘《さや》も鍔《つば》も古びてはいたが丁寧《ていねい》に磨《みが》かれ、ずっしりと重々しい雰囲気《ふんいき》を漂《ただよ》わせていた。

　僕《ぼく》は彼《かれ》の攻撃《こうげき》を何とか防《ふせ》ぐと、

「よかったやん。まあ倒《たお》す瞬間《しゅんかん》の夢見《ゆめみ》てたら完璧《かんぺき》やってんけど」

「そこはしゃーないよ」匡は前のめりになると、「何から何まで都合よくは行かへんて。ババアの正体も分からんままやし」

「怨霊《おんりょう》かな。それとも妖怪《ようかい》」

「どうやろうなあ。晃は見てへんの？」

「全然。マンションすら出て来《け》ぇへんし」

「それ夢《ゆめ》の話？」

　出《だ》し抜《ぬ》けに訊《き》かれて僕《ぼく》と匡は同時に振《ふ》り向《む》いた。テレビ画面から打撃音《だげきおん》が消え、ＢＧＭしか聞こえなくなる。

　井浦健吾が漫画《まんが》の単行本から顔を上げて、不思議そうに僕《ぼく》たちを見つめていた。

「うん」匡がうなずいて、「俺《おれ》も晃もちょっと前におんなじ夢見《ゆめみ》てん。夜に薙刀《なぎなた》持ったババアに追っかけ回されて、最後に――」

「後ろから斬《き》られそうになる」

確信《かくしん》を込《こ》めた口調で健吾が言った。ほっそりした顔からは表情《ひょうじょう》が消えていた。

「……じ、ぶ、んも見たん？」

先に口を開いたのは匡だった。

「夜中に見て飛び起きた」

健吾は漫画《まんが》を絨毯《じゅうたん》に置くと、「顔は見えへんかったけど、着物のババアがマンションにおって、そんで廊下《ろうか》を逃《に》げ回《まわ》って」

彼《かれ》は僕《ぼく》の隣《となり》のマンションに住んでいた。

「うせやろ、そんなん」

匡が呆然《ぼうぜん》と呟《つぶや》いた。「クラスの三人が同じ夢見《ゆめみ》るとか」

「いや、俺《おれ》もそう思うけど」健吾の顔に戸惑《とまど》いの表情《ひょうじょう》が浮《う》かんだ。「とりあえず刀があったらええの？　それで夢見《ゆめみ》いひんようになるん？」

僕《ぼく》の背筋《せすじ》に冷たいものが走った。健吾の切実な言葉に、初めてババアの夢《ゆめ》を見た時のことを思い出していた。兄の声も、上段《じょうだん》から覗《のぞ》く不機嫌《ふきげん》そうな顔も。

「放っといても大丈夫《だいじょうぶ》やで」

のんびりした口調で勝也が言った。絨毯《じゅうたん》に腹這《はらば》いになって菓子《かし》を口に入れながら、

「特に何もせんかったけど、見なくなったし俺《おれ》」

当たり前のように言う。

「は？　じぶんも？」匡が信じられないといった口調で訊《き》く。

「うん」

勝也はごろりと寝返《ねがえ》りを打つと、

「三日で済《す》んだわ。怖《こわ》かったけど終わったら思い出話や。今月の頭やったかな」

そう言うと再《ふたた》び菓子《かし》を口に運ぶ。

「……偶然《ぐうぜん》なんかな」

僕《ぼく》は無意識《むいしき》に口にしていた。匡は唸《うな》り声《ごえ》を上げて腕《うで》を組む。

健吾は僕《ぼく》たちの顔を不安げに見回して、「え、どういうこと？」と何度も繰《く》り返《かえ》していた。

僕《ぼく》たち四人は車座《くるまざ》になって、ババアの夢《ゆめ》について報告《ほうこく》し合った。勝也は平然としていたが、健吾の顔は真っ青になっていた。

勝也の見た夢《ゆめ》は匡のそれと何から何まで同じだった。場所は夜の宝塚ファミリーランドで、終盤《しゅうばん》はお化け屋敷《やしき》に逃《に》げ込《こ》むところも。

「一戸建てのやつはそうなるんか？」

匡は神妙《しんみょう》な顔で言った。

勝也の家は匡の家の三軒《げん》先にある、そこそこ大きな戸建てだった。

「どうやろなあ」

興味《きょうみ》なさそうに勝也が言う。

「……か、勝也が何もせんでも三日で見なくなったってことは」

僕《ぼく》は首筋《くびすじ》の汗《あせ》を拭《ぬぐ》うと、

「匡と僕《ぼく》がやった除霊《じょれい》は意味なかった、ってことにならへん？　僕《ぼく》ら三日続けて見てからやん、除霊《じょれい》したんは」

「それは……」

口ごもる匡。勝也は「何で夢《ゆめ》の対策《たいさく》が除霊《じょれい》なん？」と真っ当な疑問《ぎもん》を挟《はさ》む。すぐに、

「ああそっか、あのババアが霊《れい》ってことか」

ははは、と笑い声を上げると、

「まあでも、四人も見てたらそれも有り得るかもなあ」

楽しげに僕《ぼく》たち三人を見回した。健吾が生唾《なまつば》を呑《の》むのが喉《のど》の動きで分かった。

話し合いが終わると僕《ぼく》たちはすぐに解散《かいさん》した。健吾には除霊《じょれい》の方法を一応《いちおう》教えたが、彼《かれ》は少しも安心している様子はなかったし、僕《ぼく》も匡も、自信を持って勧《すす》めることはできなかった。

翌日《よくじつ》。健吾は死人のような顔で教室に現《あらわ》れた。目の周りから頰《ほお》、唇《くちびる》まで腫《は》れ上《あ》がり、カサカサに乾《かわ》いている。彼《かれ》は僕《ぼく》たちと目も合わさず教室を横切り、無言のまま自分の席に突《つ》っ伏《ぷ》した。

匡が振《ふ》り返《かえ》る。悔《くや》しそうな顔で「あかんかってんな」と呟《つぶや》く。僕《ぼく》は小さくうなずいた。

除霊《じょれい》は効《き》かないのだ。少なくとも僕《ぼく》たちの除霊《じょれい》は。つまり健吾はこのままだと、今晩《こんばん》も

悪夢《あくむ》にうなされることになる。ババアに追いかけられることが確定《かくてい》している。
僕《ぼく》たちの列の一番前の席で、健吾は突っ伏《つぷ》したままぴくりとも動かない。その左隣《ひだりどなり》
――窓際《まどぎわ》の一番前の席で、勝也が彼《かれ》を眺《なが》めていた。さすがに気の毒だと思っているのか表《ひょう》
情《じょう》は硬《かた》かった。
「――あ」
二人を眺《なが》めていると頭の中がパッと開ける感覚がした。直後にざわざわと不安が胸《むね》に広
がる。まさか、有り得ない。でもひょっとすると。
僕《ぼく》は匡の肩《かた》を叩《たた》いた。
「ん?」
「あのさ、ぼ、僕《ぼく》が夢見《ゆめみ》たんは十四日から十六日までの三日間やった。匡は十七日からの
三日やんな? 十九日まで」
「えーっと」彼《かれ》は眉間《みけん》に皺《しわ》を寄《よ》せて、「うん、そう。その三日」
「健吾が見始めたんは二十六日の夜や」
僕《ぼく》は自分たちの列を指で示《しめ》すと、「匡と健吾の間には二人おる。中島《なかじま》さんと三好《みよし》さん」

前後に並《なら》んだ彼女《かのじょ》らの背中《せなか》を見つめながら、

「ひょっとして中島さんは二十日から二十二日までの三日間、その次に三好さんが二十三日から二十五日までの三日間、ババアの夢見《ゆめみ》たんちゃうかな」

と言った。匡は「え？」としばらく列を眺《なが》めていたが、やがて、

「うせやろ？　それ――」

呆然《ぼうぜん》とした顔で僕《ぼく》を見た。うなずいて返すと、彼《かれ》は「ええっと」としばらく迷《まよ》ってから、前の席の中島さんの背中《せなか》を突《つ》いた。

瓶底眼鏡《びんぞこめがね》の彼女《かのじょ》が暗い顔で振《ふ》り返《かえ》る。匡はしどろもどろになりながら、

「へ、変なこと訊《き》くけどごめん。三日連続でババアに追いかけられる夢見《ゆめみ》ぃひんかった？

二十日から、えっと」

中島さんの目がみるみる見開かれた。

震《ふる》える唇《くちびる》から「何で知ってんの？」と、か細い声が漏《も》れる。

僕《ぼく》と匡は顔を見合わせた。同時に席を立って、「どういうこと？」と泡《あわ》を食っている中島さんを放置し、その前の席の三好さんに声をかける。

「ババアに追いかけられる夢見《ゆめみ》てへん？」と匡が訊《き》く。

「つ、つい最近。二十三、二十四、二十五の三日連続で」と僕《ぼく》が補足《ほそく》する。

三好さんは大きな目をぱちくりさせて、「何で知ってんの？」と中島さんと全く同じことを口にした。

もう間違《まちが》いない。健吾の背中《せなか》を見つめながら僕《ぼく》は確信《かくしん》した。

ババアは生徒の夢《ゆめ》から夢《ゆめ》へ、三日かけて席順に移動している。


勝也を除《のぞ》く窓際《まどぎわ》の生徒四人に聞いて、僕《ぼく》と匡は更《さら》に確信《かくしん》を強くした。

僕《ぼく》の左隣《ひだりどなり》の戸倉《とくら》さんは十一月十一日から十三日までの三日間、遊園地でババアに追いかけられる夢《ゆめ》を見たという。日付も僕《ぼく》と連続しているし期間も同じ三日だ。そして彼女《かのじょ》の家は学校の目の前にある戸建てだった。匡が家で口にした仮説《かせつ》を裏付《うらづ》けている。

正確《せいかく》に日付を覚えていない子もいたけれど、僕《ぼく》と匡は先生が来た頃《ころ》には必要な情報《じょうほう》を手に入れていた。

最初に夢《ゆめ》を見たのは勝也だった。おそらく十月三十日から十一月一日までの三日。そこからババアは後ろの席の生徒の夢《ゆめ》に移動《いどう》した。戸倉さんに辿《たど》り着《つ》くと今度は右隣《みぎどなり》の僕《ぼく》へ、そこからは前の生徒へ。

完全に席順だった。この法則《ほうそく》を当てはめるなら、次にババアを夢見《ゆめみ》るのは健吾の右隣《みぎどなり》、石狩《いしかり》くんということになる。期間は明日——十一月二十九日の夜から、十二月一日まで。

授業《じゅぎょう》中にこっそり匡に説明すると、彼《かれ》は白い顔を青くして、

「どないなってんねん……」

と呟《つぶや》いた。僕《ぼく》は「分からへん」と答える。法則《ほうそく》が見えたことで余計《よけい》に分からなくなっていた。ババアは何なのか。夢《ゆめ》の中を移動《いどう》する存在《そんざい》とは何なのか。それもクラスの席順に。

窓際《まどぎわ》の生徒たちは一様に不安そうにしていた。勝也も落ち着かない様子で、ちらちらと僕《ぼく》たちに視線《しせん》を送っていた。中島さんと三好さんも。

健吾は突《つ》っ伏《ぷ》すのを止めていたが、ずっと頬杖《ほおづえ》を突《つ》いたままだった。休み時間もほとんど動かず、終わりの会が終わるなり教室を足早に出て行った。

その夜、僕《ぼく》はなかなか眠《ねむ》れなかった。健吾のことが気になって仕方がなかった。寝《ね》ると悪夢《あくむ》を見ると分かっているなら、手っ取り早い対策《たいさく》は一つしかない。

翌日《よくじつ》、十一月二十九日。健吾はげっそりした顔で教室に入ってきた。僕《ぼく》たちの席にやって来る。澱《よど》んだ目の下には濃《こ》い隈《くま》ができていた。

「……徹夜《てつや》したん？」

そう訊《き》くと、彼《かれ》は「四時までは起きてた」と溜息《ためいき》を吐《つ》いた。

「でも力尽《ちからつ》きて寝《ね》てもうた。そんで」

薙刀《なぎなた》を振《ふ》り下《お》ろす仕草《しぐさ》をした。がっくりと肩《かた》を落とす。

「徹夜《てつや》できたらどうなってたんやろな」

匡が神妙《しんみょう》な顔で言った。

「次に行くんか、それとも……」

「もうええって。とりあえず俺《おれ》は大丈夫《だいじょうぶ》やろ？　クリアしたってことでええねんな？」

健吾が不機嫌《ふきげん》そうに訊《き》いて、僕《ぼく》と匡は「たぶん」とうなずいた。彼《かれ》は「そうか」と力なく言って、ずるずると自分の席に向かった。

右隣《みぎどなり》の席で石狩くんが、太った身体を窮屈《きゅうくつ》そうに席に押《お》し込《こ》めている。

「教える？」匡が訊《き》く。

「……いや、明日訊《き》こう」

自分でも残酷《ざんこく》だと思いながらそう提案《ていあん》すると、匡は「まあ、そっちの方が意味あるわな」と答えた。

次の日。教室に着くと僕《ぼく》は真っ先に石狩くんの席に向かった。

「ババアの夢見《ゆめみ》た？　夕べっていうか夜中っていうか」

石狩くんは小さな目を何度も瞬《しばたた》かせると、「何で知ってんの？」と、これまた同じことを言った。

彼《かれ》の顔を見つめたまま、僕《ぼく》はぼんやりと考えていた。ババアのこと。ババアが移動《いどう》すること。そして――クラス全員がババアの夢《ゆめ》を見ることを。

この調子で行けば二月の半ばまでには、ババアは生徒全員の夢を渡り切る。その前に何か対策《たいさく》するべきだろうか。新たな除霊《じょれい》方法を探《さが》すべきか。とりあえずまだ夢《ゆめ》を見ていない生徒に伝えるべきか。それともこのまま静観するべきか――

いずれも妥当《だとう》とは思えなかった。考えあぐねていると新たな疑問《ぎもん》が浮《う》かんだ。

生徒を制覇《せいは》したババアはどこに向かうのか。

考えても答えの出ない問いがぐるぐると頭の中を回り始めていた。石狩くんが「ななに？　何か不吉《ふきつ》な夢《ゆめ》なん？」と不安そうに僕《ぼく》を見上げていた。

その日の五時間目、国語の授業《じゅぎょう》中のことだった。

「ちょっと」

先生が不意に言った。パシンと教壇《きょうだん》を指示棒《しじぼう》で叩《たた》いて、

「馬場《ばば》さん吉松《よしまつ》くん、さっきからうるさいよ」

と二人を睨《にら》み付《つ》ける。廊下《ろうか》から二列目と三列目の、それぞれ一番後ろの席に並《なら》んだ二人が揃《そろ》って首を縮《ちぢ》める。実際《じっさい》二人は僕《ぼく》の席に聞こえるほどの声で話《はな》し込《こ》んでいた。

「何の話してたの？　授業《じゅぎょう》中にせなあかんほど大事な話？」

先生は赤い唇《くちびる》をへの字にして、腰《こし》に両手を当てた。二人は答えない。

「馬場さん」

先生は虫の居所《いどころ》が悪かったらしく、追及《ついきゅう》の手を緩《ゆる》めなかった。二列目の最後尾《さいこうび》の馬場さんは、長い三《み》つ編《あ》みを弄《いじ》りながら俯《うつむ》いている。

「何の話してたん？」

「……ゆ、夢《ゆめ》の話」

かすかな声で彼女《かのじょ》が言った。前の席で匡が二人に顔を向ける。

「夢《ゆめ》って将来《しょうらい》の夢《ゆめ》？　そら大事な話やねぇ」

嫌《いや》みったらしく先生が言うと、馬場さんは首を振《ふ》って、「夜に見る夢《ゆめ》」と答えた。先生が呆《あき》れ顔《がお》を作ったところで、

「だってね」馬場さんは不意に声を張《は》ると、「わたしがこないだ見た夢《ゆめ》と同じのん、吉松くんも見たって言うねんもん。そんなん気になるやん」と泣きそうな顔で訴《うった》えた。

窓際《まどぎわ》の生徒たちが一斉《いっせい》にざわついた。僕《ぼく》と匡は顔を見合わせる。

「吉松くん、そんな話してたん？」

「はい」吉松くんは黒縁眼鏡《くろぶちめがね》を押《お》し上《あ》げると、「すみません、偶然《ぐうぜん》にしては同じすぎるから、気になってつい」

大人のような言い回しで答える。

「何の夢《ゆめ》？」先生が絶妙《ぜつみょう》な質問《しつもん》を投げかけた。僕《ぼく》も匡も息を潜《ひそ》めて吉松くんを見守る。

彼《かれ》は背筋《せすじ》をしゃんとさせると、

「青い犬に追いかけられる夢《ゆめ》です。宝塚ファミリーランドで」

と答えた。その瞬間《しゅんかん》、

「ええっ！」「うそお！」

廊下側《ろうかがわ》の二列から次々に驚《おどろ》きの声が上がった。窓際《まどぎわ》の生徒たちもますますざわついている。突然《とつぜん》の事態《じたい》に先生はたじろいだが、すぐに、

「はいはい、夢《ゆめ》の話はもうええから、集中――」

「それウチも見たよ！」

馬場さんのすぐ前の席で、宇都宮《うつのみや》さんが叫《さけ》んだ。素早《すばや》く振《ふ》り返《かえ》ると「ウチ狼《おおかみ》やと思ってたけど、なんか青く光ってて怖《こわ》い顔してるやんな？」

甲高《かんだか》い声で訊《き》く。馬場さんは三《み》つ編《あ》みを揺《ゆ》らして、

「うん、うん」

何度もうなずいた。

俺《おれ》も、わたしも、と廊下側《ろうかがわ》から次々に声が続く。ざわめきの中から「家のマンション」

「真っ暗」「三日連続」といった言葉が飛び出して耳に届《とど》く。

「……うせやろ」

匡が虚《うつ》ろな声で呟《つぶや》いた。ますます騒《さわ》がしくなるのを聞きながら、僕《ぼく》は呆然《ぼうぜん》と教室を眺《なが》めていた。口々に話し合う廊下側《ろうかがわ》の生徒たち、顔を見合わせる馬場さんと吉松くん。

健吾と勝也が何ごとか話していた。

「うるさいよ！」

先生が真っ赤な顔をして、指示棒《しじぼう》で教壇《きょうだん》を打ち鳴らした。

授業《じゅぎょう》が終わるとすぐ、僕《ぼく》と匡は吉松くんと馬場さんの元へ走《はし》り寄《よ》った。夢《ゆめ》の詳細《しょうさい》を聞く。

二人が見た夢《ゆめ》は「青く光る大きな犬に追いかけられ、お化け屋敷《やしき》で道に迷《まよ》い、背後《はいご》から唸《うな》り声《ごえ》がしたところで終わる」という内容《ないよう》だった。二人の家はいずれも戸建てだった。

馬場さんが見たのは十一月二十六日から二十八日まで、そして吉松くんは二十九日――

昨日の夜だった。

話の流れで僕《ぼく》は二人に、ババアの夢《ゆめ》のことを打ち明けていた。

「にわかには信じられんな」

吉松くんはまたしても大人のような口調で腕《うで》を組んだ。馬場さんはぽかんとしていた。

匡は宇都宮さんから話を聞いていた。やがて僕《ぼく》に顔を向けると、

「馬場さんの直前に見てるわ。ってことは多分、廊下側《ろうかがわ》から来てる」

と言った。信じられなかった。でも信じざるを得なかった。

ババアが窓側《まどがわ》から、青い犬が廊下側《ろうかがわ》から、生徒たちの夢《ゆめ》を移動《いどう》している。生徒たちは端《はし》から席順に、二つの悪夢《あくむ》に襲《おそ》われている。

有り得ないことが二つ同時にこのクラスで起こっている。

「ん?」不意に吉松くんが言って、首を捻《ひね》った。直後に匡が「あ」と口を開ける。

「どないしたん?」

「いや、あのな……」匡が青ざめた顔で口ごもると、

「ぶつかる」

吉松くんが言った。

「このまま行くと誰《だれ》かの夢《ゆめ》の中で、青い犬とそのお婆《ばあ》さんがぶつかるかもしれない。両方一緒に夢見るっていうか。ええと」

教室の席を数えながら、「あそこが十一日で……」と呟《つぶや》く。僕《ぼく》は慌《あわ》てて彼《かれ》の後に続いた。彼《かれ》を追《お》い越《こ》すつもりで計算した。三日で次に移動《いどう》するなら、つまり――

「……十二月二十日や」

分かった瞬間《しゅんかん》に口にしていた。

「だね」吉松くんがうなずいて、「ちょうど真ん中の席でぶつかる」と補足《ほそく》する。

ババアと青い犬がぶつかる、教室の真ん中の席。それは廊下側《ろうかがわ》からも窓際《まどぎわ》からも四列目の、前からも後ろからも三番目の――

宮尾郁馬の席だった。

二つの悪夢《あくむ》の話は、その日のうちにクラス全員に知《し》れ渡《わた》った。まだ夢《ゆめ》を見ていない生徒の多くは怯《おび》えていた。一部は楽しそうにしていた。

既《すで》に夢《ゆめ》を見た生徒は、見ていない生徒にアドバイスを送っていた。三日で終わるから安心しろ、どのみち命の危険《きけん》はない、徹夜《てつや》はどうなるか分からない。

宮尾も当然知ることとなった。ババアと青い犬を自分が同時に夢見《ゆめみ》ることも。

「俺《おれ》にドッキリ仕掛《しか》けてるんちゃうか？　お前が最初に言い出したんやろ、ババアの夢《ゆめ》とか」

放課後になった途端《とたん》、彼《かれ》は僕《ぼく》の席に来るなり凄《すご》んだ。

「まさか」卑屈《ひくつ》な笑《え》みを浮《う》かべる自分に呆《あき》れながら、僕《ぼく》は、「こんな訳《わけ》分からん話、作ろうと思っても作れへんよ」と正直に言う。

「実際《じっさい》に夢見《ゆめみ》てんねん」

匡がきっぱりと言った。

「みんなに聞いて確《たし》かめてみいや」

宮尾は匡をギロリと睨《にら》み付《つ》け、大きく舌打《したう》ちして教室を出て行った。

「……ありがとう」

僕《ぼく》が礼を言うと、匡は「ええよ」と首を振《ふ》って、

「あいつ内心ビビッてんで。目が泳いどったもん」

かすかに笑《え》みを浮《う》かべた。

翌日《よくじつ》、十二月一日。石狩くんは登校するなり「ババアの夢見《ゆめみ》たわ」と言い、吉松くんは

「青い犬を見た」と言った。十二月三日になると、石狩くんの後ろの湯田《ゆだ》さんがババアを、吉松くんの前の岸辺《きしべ》くんが青い犬を。湯田さんは朝教室に来た時点で泣いていたけれど、岸辺くんは「見たぞ！」とピースサインを作って現《あらわ》れた。

ババアも青い犬も、今までと変わらず三日ごとに席順に、生徒の夢《ゆめ》を移動《いどう》し続けた。規則正《そくただ》しく確実《かくじつ》に宮尾の席に迫《せま》っていた。

宮尾は夢《ゆめ》の話題に一切《いっさい》加わろうとせず、誰《だれ》かに話を振《ふ》られると声を荒《あら》らげた。日が経《た》つに連れて落ち着きがなくなり、先生に注意されることが増《ふ》えた。

十二月十日を過《す》ぎた頃《ころ》には口数が減《へ》っていた。人に絡《から》んだり因縁《いんねん》をつけたりすることもなくなり、休み時間になる度《たび》に教室を出て行くようになった。

「二昭堂におったぞ、昨日」

そう教えてくれたのは勝也だった。「女子の本のとこにおった。おまじないとか開運とかの本がある辺り」と楽しそうに言う。僕《ぼく》は複雑《ふくざつ》な気持ちになった。除霊《じょれい》の記事を必死で読《よ》み込《こ》んだ自分を思い出していた。あの時と同じ不安と焦《あせ》りを宮尾は感じている。いや、ひょっとして倍は感じているかもしれない。

クラスの大多数が宮尾に注目するようになっていた。夢《ゆめ》の順番が回ってきた生徒すら、「怖《こわ》かったわあ、宮尾くんはどうなんねやろ」と、眠《ねむ》そうな顔で彼《かれ》の話をした。彼《かれ》とつるんでいる男子数名は微妙《びみょう》に距離《きょり》を置くようになっていた。服従《ふくじゅう》の対象から観察の対象へ。クラスの人間関係が、体制《たいせい》が、二つの夢《ゆめ》をきっかけに劇的《げきてき》に変化していた。

十二月十七日。遂《つい》に宮尾の前後の生徒が悪夢《あくむ》を見始めた。彼《かれ》の前に座《すわ》る木下《きのした》さんは「ほんまに青く光ってた」と引《ひ》き攣《つ》り笑いを浮《う》かべて教室に入ってきた。後ろの高坂《こうさか》くんは「なんでお化け屋敷《やしき》に逃《に》げんねん」と小声で自分に突《つ》っ込《こ》み、何周囲から「そこな」と妙《みょう》な共感をされていた。二人とも宮尾が視界《しかい》に入ると黙《だま》り込《こ》み、何か話すとしても夢《ゆめ》については口にしなかった。

宮尾はこの何日かで明らかに痩《や》せていた。頬《ほお》はこけて目だけがギョロリと大きく見えた。給食もあまり食べていない様子だったし、何よりあの威圧的《いあってき》で強そうな雰囲気《ふんいき》が完全に消《き》え失《う》せていた。

怖《こわ》いのだろう。

授業中《じゅぎょう》、斜《なな》め後《うし》ろから彼《かれ》の背中《せなか》を眺《なが》めて僕《ぼく》は思った。訳《わけ》の分からない出来事が自分の身に降《ふ》りかかる。日付まで確定《かくてい》している。おまけにそれをクラス中が知っていて、好奇《こうき》の目に晒《さら》されている。全部が怖《こわ》い。うち一つだけでも僕《ぼく》なら耐《た》えられない。ただババアに追いかけられるだけでうなされ、泣《な》き喚《わめ》いた僕《ぼく》には。

二十日になった。木下さんと高坂くんが青ざめた顔で登校し、クラスの空気がピンと張《は》り詰《つ》めた。先生が来る前なのに静かになっていた。

宮尾はチャイムが鳴るギリギリに現《あらわ》れ、憔悴《しょうすい》しきった顔で席に座《すわ》った。

「……正直言うていい？」

匡が僕《ぼく》に耳打ちした。「俺《おれ》までなんか怖《こわ》くなってきた」

僕《ぼく》はだまってうなずいた。先生は教室に入ってくるなり、不思議そうな顔で教室を眺《なが》め回《まわ》した。

その晩《ばん》は眠《ねむ》れなかった。何度も寝返《ねがえ》りを打ってトイレに行って、僕《ぼく》は眠気《ねむけ》が来るのを待った。兄の気持ち良さそうな寝息《ねいき》が酷《ひど》く耳障《みみざわ》りに聞こえた。

そして二十一日の朝。

教室に着くと、半分ほど揃《そろ》っていた生徒が一斉《いっせい》に僕《ぼく》を見た。すぐに目を背《そむ》ける。残念そうな雰囲気《ふんいき》を肌《はだ》で感じた。宮尾の到着《とうちゃく》を待っているのだ。

匡は落ち着かない様子で椅子《いす》を鳴らしていた。

「いよいよだね」

吉松くんがわざわざ僕《ぼく》の席にやって来ると、「誰《だれ》が本人に訊《き》く？　澤口くんか後藤くんがいいんじゃないの」

「いやあ」僕《ぼく》は顔をしかめると、「訊《き》かれへんよ、そんなん」と匡を見た。

「訊《き》いてみたいけどなあ、でもなあ」

匡は両手で頰《ほお》を押《お》さえながら、「あかん、なんでか俺《おれ》が緊張《きんちょう》してるわ」と身体を揺《ゆ》らした。

今か今かと待《ま》ち構《かま》えているうちにチャイムが鳴った。宮尾は来ない。クラス中がざわめいている。「死んだんか？」と物騒《ぶっそう》な言葉があちこちで飛ぶ。

前のドアから先生が入ってきた。挨拶《あいさつ》を済《す》ませると、彼女《かのじょ》は神妙《しんみょう》な顔で、

「宮尾くんですが」

そこで言葉を切った。教室が凍《こお》りついたように静まり返る。僕《ぼく》はほとんど呼吸《こきゅう》を止めていた。鼓動《こどう》がうるさいほど鼓膜《こまく》を震《ふる》わせる。先生は教壇《きょうだん》から僕《ぼく》たちを見下ろして、

「今朝方、家が火事になって入院しました。命に別状《べつじょう》はありません」と言った。

ええっ、という声がいくつも重なって教室に響《ひび》いた。


二つの悪夢《あくむ》を見る生徒はいなくなった。順番的には木下さんがババアの夢《ゆめ》を、高坂くんが青い犬を見るのではないかと予想していたけれど、十二月二十四日の朝に訊《き》いたところ、二人とも「見てない」と首を振《ふ》った。それ以降《いこう》も誰《だれ》かが見た様子はなかった。

宮尾が再《ふたた》び登校したのは三学期、一月の半ばだった。松葉杖《まつばづえ》を突《つ》き、頬《ほお》に絆創膏《ばんそうこう》を貼《は》ってはいたけれど、それ以外は以前の彼《かれ》だった。二つの悪夢《あくむ》などなかったかのように、元の偉《えら》そうな番長に戻《もど》っていた。かつての取《と》り巻《ま》きは再《ふたた》び彼《かれ》に従《したが》うようになった。匡は再《ふたた》び家に押《お》しかけられるようになった。

誰《だれ》も宮尾に夢《ゆめ》の話は訊《き》かなかった。宮尾も自分からは話そうとしなかった。そのうち夢《ゆめ》の話をする生徒は減《へ》っていき、いつしか誰《だれ》も話さなくなった。僕《ぼく》も匡も。

でも一連の出来事は今でも覚えている。こうして書き記せるほど鮮明《せんめい》に記憶《きおく》している。

あともう一つの出来事を書けば、二つの夢《ゆめ》にまつわる全てを書き終える。

三学期の終業式が迫《せま》ったある日のことだった。

ギプスの取れた宮尾が体操服《たいそうふく》に着替《きか》えている時、僕《ぼく》は見てしまった。他の何人かの生徒も見ていただろう。少なくとも匡は見ていた。あんぐりと口を開けて宮尾を凝視《ぎょうし》していた。

「あ？」

視線《しせん》に気付いた宮尾が振《ふ》り返《かえ》り、ギロリと睨《にら》み付《つ》ける。僕《ぼく》たちは慌《あわ》てて目を逸《そ》らした。

「見た？」匡が小声で訊《き》く。

「うん」僕《ぼく》は小声で返す。それだけ言うのが精一杯《せいいっぱい》だった。横目でこっそり宮尾をうかがう。睨《にら》むのを止めた彼《かれ》はこちらに背《せ》を向け、体操服《たいそうふく》を頭から被《かぶ》った。

彼《かれ》の背中《せなか》には、斜《なな》めに刃物《はもの》で切ったような赤い傷《きず》があった。

脇腹《わきばら》には犬の歯形のような青い痣《あざ》があった。

着替《きか》え終わった宮尾は取《と》り巻《ま》きとともに、笑いながら教室を出て行った。

編者解説《へんじゃかいせつ》

朝宮運河《あさみやうんが》

この本を手にしているあなたは、ホラーや怪談《かいだん》や都市伝説、つまり怖《こわ》い話や不思議な話に興味《きょうみ》がある人ではないかと思います。いや、そこまで好きじゃないけれど、表紙やタイトルに惹《ひ》かれてページを開いてみた、という人もいるでしょうか。

本書を第一巻《かん》とするアンソロジー**〈キミが開く恐怖《きょうふ》の扉《とびら》　ホラー傑作《けっさく》コレクション〉**全四巻《かん》はホラーが大好きな人にも、これまであまり読んでこなかった人にも、ホラーをもっと好きになってもらいたいという思いから誕生《たんじょう》したシリーズです。現在活躍《げんざいかつやく》する人気作家たちが腕《うで》によりをかけて執筆《しっぴつ》した、怖《こわ》くて面白《おもしろ》いホラー小説の数々を、十代の皆《みな》さんに向けてセレクトしてみました。

ところで一口に怖《こわ》いといっても、ぞわっと鳥肌《とりはだ》が立つような怖《こわ》さから、思わず叫《さけ》び声《ごえ》をあげてしまうような怖《こわ》さまで、さまざまな種類があります。またホラーが取《と》り扱《あつか》う題材も、幽霊《ゆうれい》や呪《のろ》いなどの超自然現象《ちょうしぜんげんしょう》から生きた人間による犯罪《はんざい》まで、実にバラエティに富《と》んでいるのです。四巻《かん》からなるこのシリーズでは、各巻《かっかん》にそれぞれ異《こと》なるテーマを設《もう》けて、ホラーの多彩《たさい》な面白《おもしろ》さを味わってもらえるように工夫《くふう》しました。

もしかすると皆《みな》さんの中には、「どうしてわざわざ怖《こわ》い話を読まないといけないの？」と疑問《ぎもん》に感じる人もいるかもしれません。その気持ちはよく分かります。この本を作っているわたし自身、小学生の頃《ころ》は怖《こわ》い話が大の苦手だったからです。ホラー映画《えいが》やテレビの心霊《しんれい》番組は見るのも聞くのもいや、クラスメイトが怪談《かいだん》を始めたら耳を塞《ふさ》いで逃《に》げ出《だ》してしまう、そんな怖《こわ》がりの子ども時代を送っていました。それがいつからか「ホラーって面白《おもしろ》い」と感じるようになったのは、十代の頃《ころ》におそるおそる読み始めたホラー小説のおかげでした。

ホラー小説に描《えが》かれている出来事は、どんなに恐《おそ》ろしく真に迫《せま》っていたとしても、基本的《きほんてき》には作家が想像力《そうぞうりょく》によって作り上げたフィクション（創作《そうさく》）です。現実《げんじつ》に存在《そんざい》する恐怖《きょうふ》とは違《ちが》って、わたしたちに襲《おそ》いかかったり、危害《きがい》を加えたりすることはありません。つまり読者は安全なところに身を置きながら、ハラハラドキドキのスリルや心臓《しんぞう》が縮《ちぢ》みあがるような恐怖《きょうふ》を、「楽しいもの」として味わうことができるのです。ここにホラーというジャンルがわたしたちを惹《ひ》きつける、大きな秘密《ひみつ》があります。

子ども時代の私《わたし》のように怖《こわ》いものが苦手という人たちが、この「ホラー傑作《けっさく》コレクション」によってホラー小説の面白《おもしろ》さに目覚め、ファンになってくれたらこれほど嬉《うれ》しいことはありません。

さて、シリーズ第一巻《かん》『**教室の怖《こわ》い噂《うわさ》**』のテーマは〈学校の怪談《かいだん》〉です。昔から学校には怪《かい》談《だん》がつきもの。皆《みな》さんが通う学校にも、生徒たちの間でこっそり囁《ささや》かれている怖《こわ》い話や不思議な話があるのではないでしょうか。学校という見慣《みな》れた空間の片隅《かたすみ》には、見えない世界に通じるドアが存在《そんざい》し、誰《だれ》かが近づいてくるのをじっと待っているのです。本書にはそんな日常《にちじょう》と非日常《ひにちじょう》が交錯《こうさく》する、学校を舞台《ぶたい》にしたホラー小説の名作三編《ぺん》を収録《しゅうろく》しました。

辻村深月《つじむらみづき》さんの**「踊《おど》り場《ば》の花子《はなこ》」**は、学校の怪談《かいだん》としてはもっとも有名な〈トイレの花子さん〉を題材にした作品です。ただし舞台《ぶたい》になっている小学校で花子さんが現《あらわ》れるのは、トイレではなく校舎《こうしゃ》の階段《かいだん》。昔、音楽室の窓《まど》から飛《と》び降《お》りた生徒の幽霊《ゆうれい》が、階段《かいだん》に棲《す》んでいるというのです。〈花子さんに会いたければ、彼女《かのじょ》の棲《す》む階段《かいだん》を心の底から一生懸命《いっしょうけんめい》、掃除《そうじ》すること〉〈花子さんの質問《しつもん》に、嘘《うそ》を吐《つ》くと呪《のろ》われる〉など、七不思議と呼《よ》ばれる独自《どくじ》のルールがあるのも、この花子さんの特徴《とくちょう》です。

ある夏休みの午後、職員室《しょくいんしつ》で一人仕事をしていた相川《あいかわ》という教師《きょうし》のもとに、二か月前まで教育実習生をしていた大学生・チサ子から電話がかかってきます。音楽室に大切なものを忘《わす》れてしまったというチサ子。相川は職員室《しょくいんしつ》に姿《すがた》を見せたチサ子とともに、誰《だれ》もいない校舎内《こうしゃない》の見回りをはじめます。この小説では、恐《おそ》ろしい場面がすぐに描《えが》かれるわけではありません。読者は「何」と興味を惹《ひ》かれながら、相川とチサ子の会話を追いかけることになります。びたと、波が打《う》ち寄《よ》せるように高まっていく恐怖《きょうふ》と緊張感《きんちょう》。まずはこのミステリアスな雰《ふん》囲気《いき》を味わってみてください。

後半にはあっと驚《おどろ》くような展開《てんかい》が待ち受けており、登場人物の意外な素顔《すがお》と、過去《かこ》に起こった事件《じけん》の真相が明らかにされます。こうした鮮《あざ》やかなどんでん返しは、ミステリー小説を得意とする辻村深月さんならではのもの。そうだったのかと真相に気づいた時には、逃《に》げ場《ば》のない恐怖《きょうふ》に心をわしづかみにされているはずです。

トイレと並《なら》んで、学校の怪談《かいだん》と縁《えん》の深い空間といえば音楽室、理科室、視聴覚室《しちょうかく》などの特別教室ではないでしょうか。**近藤史恵**《こんどうふみえ》さんの**「ピアノ室の怪《かい》」**の舞台《ぶたい》は、大阪《おおさか》の繁華街《はんかがい》にある古い私立《しりつ》高校・凰西《おうせい》学園。音楽科とバレエ科があり、多くのピアニストやバレリーナを生んでいるこの高校では、ピアノ練習室に幽霊《ゆうれい》が出るという噂《うわさ》が囁《ささや》かれていました。春から凰西学園に入学した真矢《まや》は、親しくなった同級生・花音《かのん》とともに、この怪談《かいだん》を調査《ちょうさ》することになります。小説家である花音の母親の取材に協力するためです。

放課後のピアノ練習室を訪《おとず》れた二人が、あるものを目撃《もくげき》してしまう場面はかなりショッキング。怖《こわ》がりの人ならここで本を閉《と》じたくなってしまうかもしれませんが、この恐《おそ》ろしい怪談《かいだん》の背後《はいご》には、かつて学園内で起こった悲しい出来事が関わっていました。たくさんの生徒たちがともに長い時間を過《す》ごす学校には、喜びや悲しみ、迷《まよ》いや嫉妬《しっと》などさまざまな感情《かんじょう》が渦《うず》を巻《ま》いています。学校の怪談《かいだん》はそうした思いを、世代を超《こ》えて伝えるものでもあるのです。

なお「ピアノ室の怪《かい》」は、近藤史恵《こんどうふみえ》さんの『震《ふる》える教室』という本に収《おさ》められている作品です。『震《ふる》える教室』は真矢と花音のコンビが、さまざまな学校の怪談《かいだん》を調査《ちょうさ》し、その謎《なぞ》を解《と》き明《あ》かしていくというミステリー風味の学園ホラー小説集で、手を繋《つな》ぐと不思議なものを見ることができる二人の友情《ゆうじょう》物語にもなっています。二人のことが気になった方は、探《さが》して読んでみることをおすすめします。

ホラー界の人気作家・**澤村伊智**《さわむらいち》さんの**「夢《ゆめ》の行き先」**は奇妙《きみょう》な夢《ゆめ》にまつわる物語です。二学期のある夜、小学五年生の主人公・晃《あきら》は、恐《おそ》ろしい夢《ゆめ》を見て悲鳴をあげました。ボサボサの髪《かみ》に着物姿《きものすがた》、手には薙刀《なぎなた》（柄《え》の長い刃物《はもの》）を持ったおばあさんに命を狙《ねら》われるという夢《ゆめ》です。しかもその悪夢《あくむ》は、次の日も、また次の日も晃を悩《なや》ませることになります。この物語のポイントは、夢《ゆめ》という人間にはコントロールできない世界を扱《あつか》っているということでしょう。人間は誰《だれ》でも夜がきたら、眠《ねむ》らないわけにはいきません。そして一度眠《ねむ》ってしまうと、自分の意志《いし》ではどうにもできない世界に入りこんでしまいます。考えてみると、これはとても怖《こわ》いことではないでしょうか。

晃はその後ひょんなことから、クラスメイトの匡《ただし》もよく似《に》た夢《ゆめ》を見ていたことを知って驚《おどろ》きます。どうやらクラスメイトの何人もが、薙刀《なぎなた》を持ったおばあさんに追いかけられる夢《ゆめ》を見ているようなのです。この物語は平成初め頃《ごろ》の小学校を舞台《ぶたい》に（「スーファミ」というのは当時流行したゲーム機〔スーパーファミコン〕のことです）、常識《じょうしき》を外れた事件《じけん》に巻《ま》き込《こ》まれた小学生たちの姿《すがた》を、スリルに満ちた夢《ゆめ》の場面とともに描《えが》き出《だ》していきます。

物語の結末では、ある男子生徒にまつわる秘密《ひみつ》が明かされていますが、それがどのような意味をもつのかは謎《なぞ》のままです。作者はあえて答えを記さず、想像《そうぞう》する余地《よち》を残しているのです。「何が起こったんだろう」とあれこれ想像《そうぞう》をめぐらせ、自分なりに恐怖《きょうふ》を膨《ふく》らませるのもホラーの楽しみ方のひとつ。名作と呼《よ》ばれるホラー小説の中にも、このような終わり方をする作品が多いのです。本を閉《と》じても消えることのない、不気味な余韻《よいん》を味わってみてください。

[著者プロフィール]

辻村深月（つじむら・みづき）
2004年『冷たい校舎の時は止まる』でメフィスト賞を受賞しデビュー。2011年『ツナグ』で吉川英治文学新人賞、2012年『鍵のない夢を見る』で直木三十五賞、2018年『かがみの孤城』で本屋大賞を受賞。他の著書に『ハケンアニメ！』『きのうの影踏み』『傲慢と善良』『闇祓』『この夏の星を見る』など。

近藤史恵（こんどう・ふみえ）
1969年、大阪府生まれ。1993年『凍える島』で鮎川哲也賞を受賞しデビュー。2008年『サクリファイス』で大藪春彦賞を受賞。ほかの著書に『ときどき旅に出るカフェ』『インフルエンス』「女清掃人探偵キリコ」シリーズ、「ビストロ・パ・マル」シリーズ、「猿若町捕物帳」シリーズなど。

澤村伊智（さわむら・いち）
1979年、大阪府生まれ。2015年「ぼぎわん」で（刊行時『ぼぎわんが、来る』に改題）日本ホラー小説大賞を受賞。2019年「学校は死の匂い」で日本推理作家協会賞（短編部門）、2020年『ファミリーランド』でセンス・オブ・ジェンダー賞特別賞を受賞。ほかの著書に『一寸先の闇 澤村伊智怪談掌編集』『斬首の森』など。

編者／朝宮運河（あさみや・うんが）

1977年北海道生まれ。得意分野であるホラーや怪談・幻想小説を中心に、本の情報誌「ダ・ヴィンチ」や、雑誌「怪と幽」、朝日新聞のブックサイト「好書好日」などに書評・ブックガイドを執筆。小説家へのインタビューも多数。編纂アンソロジーに『家が呼ぶ 物件ホラー傑作選』、『再生　角川ホラー文庫ベストセレクション』『七つのカップ　現代ホラー小説傑作集』など。

〈底本〉
辻村深月「踊り場の花子」――『ふちなしのかがみ』（角川文庫）
近藤史恵「ピアノ室の怪」――『震える教室』（角川文庫）
澤村伊智「夢の行き先」――『ひとんち　澤村伊智短編集』（光文社文庫）

装画　谷川千佳
装丁　石野春加（DAI-ART PLANNING）
編集　北浦学

キミが開く恐怖の扉　ホラー傑作コレクション

教室の怖い噂

2024年11月　初版第1刷発行
2025年 7 月　初版第2刷発行

著　者　辻村深月　近藤史恵　澤村伊智
編　者　朝宮運河

発行者　三谷光
発行所　株式会社 汐文社
東京都千代田区富士見1-6-1 富士見ビル1F　〒102-0071
電話：03-6862-5200　FAX：03-6862-5202
印刷　新星社西川印刷株式会社
製本　東京美術紙工協業組合

ISBN978-4-8113-3215-4　乱丁・落丁本はお取り替えいたします。

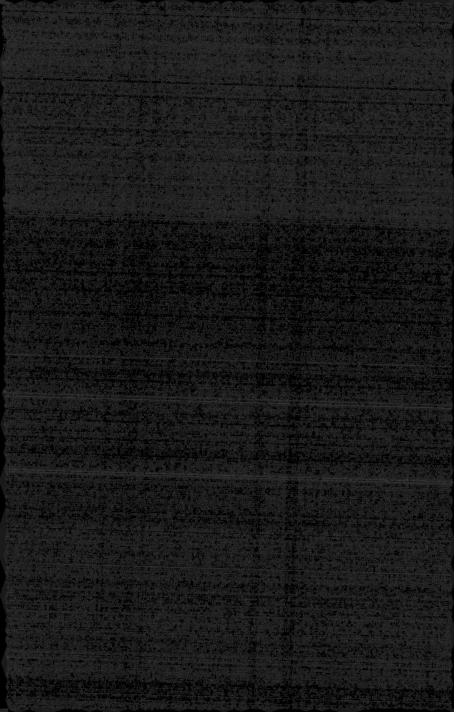